曼陀罗悬疑馆
给您最好看的原创悬疑小说

# 赫拉的毒药

远 书 著

贵州出版集团
贵州人民出版社

**图书在版编目（CIP）数据**

赫拉的毒药／远书著. —贵阳：贵州人民出版社，2018.9

ISBN 978-7-221-11936-0

Ⅰ.①赫… Ⅱ.①远… Ⅲ.①推理小说－中国－当代 Ⅳ.①I247.5

中国版本图书馆CIP数据核字（2018）第083991号

赫拉的毒药

远书／著

出版人 苏 桦
总策划 陈继光
责任编辑 黄蕙心 陈继光
封面设计 源之设计
版式设计 陈红昌
出版发行 贵州人民出版社（贵阳市观山湖区会展东路SOHO办公区A座）
印 刷 长沙鸿发印务实业有限公司（长沙市黄花工业园3号）
版 次 2018年9月第1版
印 次 2018年9月第1次
印 张 15.5
字 数 250千字
开 本 710mm×1000mm 1/16
书 号 ISBN 978-7-221-11936-0
定 价 32.00元

# 目录
CONTENTS

# 人物小传

**江成：**兰山市公安局刑警大队一支队队长，细心，重义气，碰到问题的时候善于抓住蛛丝马迹进行分析，因为一心扑在工作上，30多岁一直未婚，后与许子凌暗生情愫。

**钱欣：**兰山市公安局法医，专业知识过硬，重感情，有时候不讲原则，为林广和小陈的请求而瞒着江成。

**小陈：**兰山市公安局刑警大队一支队警察，和林广是好哥们儿，后死于林广之手。

**许子凌：**兰山市古籍与文物研究所研究员，聪明漂亮，因为自身优秀遭好友妒忌，被好友设陷阱陷害，后与江成恋爱。

**秦琴：**本书的关键人物，许子凌好友，因爱上自己的老师被拒绝、嫉妒许子凌而走上极端，设计陷阱杀害昔日大学好友徐雨霏。

**何晶：**因自己所爱之人有相爱之人决定陷害爱人的昔日恋人，却误杀他人。

# 引　子

9月1日，星期一。男人穿上白色衬衫，在昨天刚刚弄好的发型上喷上一点定型发胶，让头发看起来更有一个新郎应该有的样子，顺手拿起早已经熨烫好的西装，走出家门。

早上七点半，习俗中应该是去接新娘的时刻，男人却一个人来到墓园，细步走了很久，在一座装饰得很寒酸的墓碑前停下，把本来应该献给新娘的花放在了墓前，柔声说："这么久了，你一个人待着也挺孤独的吧，放心，很快就会有人来陪你的。"

男人拿起墓前的一束已经枯萎的白色的花，走向停车场。墓碑上的女孩子笑得无比纯真和甜蜜。

# 第一章　染血的婚纱

2014年9月1日，星期一。这是一个开学的日子，兰山市第一小学门口熙熙攘攘，开车送学生的家长把喇叭按得震耳欲聋，谁都不愿意让谁先通过。不仅如此，兰山市第一小学还紧邻着全市最大的菜市场，这也让这个特殊日子里的兰山第一小学门口比平常更拥挤不堪。

苏易的心里无比着急，本来兰山市的交通就比较拥堵，而恰好这条街又是去秦琴家的必经之路，苏易只能懊恼地看着手腕上精致的表，现在已经八点多了，而在九点钟之前赶到秦琴那里肯定是件不可能的事。苏易心中一冷，这下子肯定要被七大姑八大姨臭骂一顿，说好不容易找大师算好的娶新娘吉时，却被自己堵车错过了。

苏易扭头看了看后面跟着自己的花车，贴在车窗上的大红色囍字和扎在车头前的小巧精美的百合花束都是秦琴前天亲自挑选的，像极了她那个可爱活泼的样子。一想到今天就要在众多亲友见证下完成婚礼嫁给自己的秦琴，苏易刚刚有点平静的心又突突地猛烈跳动起来。

恋爱七年，约定在毕业的第三个年头结婚，但是这段婚姻对于秦琴和苏易来说十分不容易。苏易俊朗的外形和活泼的个性让他无论在职场还是在自己的个人生活中总会收到无数的表白，而在毕业之时秦琴毅然签约外地的大公司，两人成为名副其实的异地恋之后，猜疑和争吵时有发生。好在秦琴的父母也早就认可了苏易，当两人吵架之后，双方父母都会从中调停，再加上两人的家庭住址又是一个市区，于是在两家父母的监督和催促下，这段恋爱也终于在今天修成了正果。

八点五十五，兰山市第一小学门口的交通终于通畅，苏易立马发动汽车，风驰电掣地向秦琴家的方向赶去，不留神，碰倒了一个闯红灯的老大爷。苏易心中暗叫“完蛋”，立马下车查看老人的伤势，好在老大爷只是因惊吓而摔倒，并没有受伤。苏易满脸赔笑：“大爷，实在对不起，是我开车太快了，今天是我结婚的日子，接新娘都快来不及了，这样吧，我让我后面跟着的婚车送您去医院行吗？”听说苏易是今天的新郎，老人大度地摆摆手：“不用了，我也有错，你去吧，不过大婚之日还是要留神，不然会有危险的。”苏易再三感谢老人，终于在九点十分赶到了秦琴家。

下车稍稍整理了一下西服，苏易拿起后座上的鲜花走进秦琴家。秦琴的父母看到苏易，眉头没有舒展开，反而深深地拧在一起。秦琴的妈妈看到苏易，迎上去问：“小易啊，你怎么到现在才来啊？我们都快急死了，算好的时间是九点必须出发，这都过了吉时了。”苏易赔着笑脸说：“妈，实在对不起啊，兰山一小门口实在是太堵了，车根本都没法过啊。琴琴呢？”秦琴的妈妈指着房间门，做了一个嘘声的表示，轻声说：“我估计她是生气了，你们两个是不是吵架啦？她从化妆回来就没离开过房间，还把我们都赶出来了，说要一个人在房间里等你，到现在还没开门呢。”

苏易从西服口袋里拿出早就准备好的红包，跪在秦琴的妈妈和爸爸面前，恭恭敬敬地递给他们，说：“二老放心，今天我把秦琴带走，绝对不会让她在我这里吃一点点苦，受一点点气，二老随时监督我。还有，谢谢二老把这么好的闺女赐给了我，让我今天能抱着大美人回家。”秦琴妈妈的脸色终于舒展开，把苏易向着秦琴的房间门推了一把说：“快去吧，琴琴爱发小脾气，哄哄就好了。”

苏易点点头，捧着鲜花，轻轻地敲着房门。可是房内没有任何的回应，甚至安静得连呼吸声都没有。苏易满脸堆着笑说：“我最爱的大宝贝，快点开门，今天可是咱们的好日子啊，你要知道，从今天开始，你就正式是我的老婆了。快开门呀，老婆。”可惜门内仍然没有任何的回答。苏易扭头悄声问秦琴的妈妈：“妈，你有房间门钥匙吗？”秦琴妈妈的回答也有点焦急：“原来有，可是现在上哪去找啊？家里的卧室门也从来没锁过的。”

苏易轻轻拧了一下门把手，让苏易惊讶的是，门居然没有锁上，苏易大步踏进房间之前大声地说：“老婆，我进来包红包给你咯！”而当苏易开心地把门推开，他的笑容却瞬间凝固在脸上，而后面紧跟着的神色欣喜的亲戚们也接连着发出了惊叫。

在苏易此前的人生中，从未遇到过让他如此撕心裂肺的场景——穿着婚纱的秦琴是那么漂亮，比任何时候都要漂亮，却流露出如此悲哀的表情，她长而密的睫毛覆盖在大大的眼睛上，就像是一个睡着的芭比娃娃，脸颊上的泪痕让人忍不住想去抱住这个梨花带雨的女孩，帮她擦掉眼泪。她斜坐在窗口，窗帘被风卷起，发出呜呜的声音，似乎在告诉这个女孩，她的新郎正痛彻心扉地看着她，因为她身上那件洁白的婚纱上到处是斑驳的血迹，而婚纱的主人早已经没了气息。

苏易一步步走向秦琴，她的每一个样子都深深刻在自己的脑海里。而现在的这个样子，苏易希望永远都没有见过。每一步，苏易都走得特别轻，他希望秦琴只是在跟他赌气，想等她亲口告诉自己这只是个恶作剧，只是为了让自己以为永远失去了她。但是现实永远不给人再来一次的机会。

秦琴对苏易来说，距离那么近，却又让苏易觉得，秦琴离得那么远，好像永远都触碰不到，而事实上，苏易确实再也碰触不到那个心爱的人儿了。苏易走过去一把把秦琴揽在怀中，想感受秦琴温热的体温，但是秦琴身上的温度却在慢慢逝去，一如她年轻的生命。

苏易把头埋在秦琴的脖颈间，恸哭起来。围观的亲戚们开始窃窃私语，其中已经有人拨打了报警电话。秦琴的妈妈在看到逝去的秦琴的那一刻已晕了过去，被亲戚们七手八脚地抬到房间休息，而秦琴的爸爸只能瘫坐在女儿身边，看着早上还面庞鲜活的宝贝女儿现在已经是一具毫无情感的尸体。作为父亲，他内心压抑不住的痛苦滚滚向他袭来，但是作为这个家中的男人，他必须坚强地挺下去，即使剩下的只是一个假装坚强的表面。

不知道过了多久，苏易飘散的思绪被全部收拢了回来，让他收拢思绪的人是一个大约三十岁的男子。男子有一张标准的国字脸，浓眉大眼，皮肤白皙得像是经常在办公室里工作很少见阳光的IT

工作人员。如果走在街上，肯定会被认为是哪个企业的高管。

男子的身上穿着合体的警察制服，让他的气质十分严肃，高鼻梁上架着一副眼镜，镜片后面是一双目光炯炯的眼睛，那双眼睛像一汪清澈的湖水，似乎不一小心就会沉溺在里面。但是那双眼睛里包含的不仅仅是迷人，更多的是让苏易觉得极不舒服的穿透力。

男子看着苏易，伸出了一只戴着白色手套的手，自我介绍："你好，我是兰山市公安局刑警大队一支队队长，我姓江，江成。我们需要你配合一下，了解情况，不知道方不方便？"江成的语气虽然像是商量一般，但是苏易知道这是不容置疑的。苏易把怀中的秦琴轻轻地放下，麻木地站起来跟江成握手，却仍然扭头看着躺在地上的秦琴，后者正在被法医钱欣仔细地检查着。

婚礼与死亡，本来是站在两个极端的事物，却被命运之手硬生生地揪合在了一起，让这儿有了一种沾染着死亡气息的美丽。江成微不可闻地叹了一口气，从事刑警这个职业十多年，大大小小的案件也碰见过不下于百件，但是今天的这个情景确实是自己从警这十多年来最为揪心的场面——本应是走上众人祝福舞台的新娘却安静地躺在出嫁前的闺房里，成为一具冰冷的尸体，幸福转瞬就成了泡影。大大小小的案件中，江成也见过无数的尸体，而躺在地上的这个女孩，江成在心里给了她一个定义：漂亮却处处都透露出诡异的尸体。

蹲在地上忙活了半天的法医钱欣摇摇头站了起来，一脸无奈地对江成说："没办法了，现场被破坏得太严重了，根本提取不到任何有用的信息。几乎全是杂乱无章的脚印，我采集了一点血迹，具体的分析要回到局里才能做，不过我倒是有一个很意外的发现。"

江成狐疑地望着钱欣，钱欣附在江成耳边说：“你问一下，受害者平常有没有喷香水的习惯？你刚才也闻到受害者身上淡淡的香气了吧？”江成想了一下说：“好，那先这样吧，你先撤，具体情况我们到了局里再说，我已经让小陈去做笔录了，我到现场再看一下。”钱欣点了点头，蹲下开始收拾工具箱。

正当警方人员准备将秦琴带走的时候，苏易却突然拦在了他们面前，情绪激动地嚷了起来：“她是我老婆，今天是我们结婚的日子，你们没有权力带走她！”江成的助手小陈虽然内心很同情苏易的处境与心情，但是只能公事公办。他拉住苏易，用不容置疑的口吻说：“对不起，这是公务，还请您配合我们的工作！”苏易没有说话，只是也并不挪步，两人就这样僵持在那儿。

江成正准备再查看一下现场，听到争执的声音，快步走了过来，尽力很轻松地问苏易：“你今天过来应该很匆忙吧？而且你今天开车在兰山一小的菜市场位置还撞到了人。”苏易一愣，下意识地反问：“你怎么知道的？”江成看了一眼苏易，解释说：“今天是你结婚的日子，可是你的领带打得十分别扭，还有，你的西裤靠近腘窝的部位有泥巴，可是近脚踝处有一边却没有，证明了你之前的西裤边是不规则地卷起。你一路开车，沾染泥巴的机会很少，前天的时候下过大雨，但是大部分的路面已经干了，只有兰山一小附近的道路还比较潮湿，那个地方靠近菜市场，有水也是比较正常的，而让急着结婚的你下车的事情应该不是小事吧，所以我猜应该不是撞到人了就是你的车坏了，所以你才会下车处理这件事。而且刚才我也问了一下你的朋友，证实了这件事。”

苏易没有说话，只是收回了刚才的态度，他不得不承认，这个江成是个心思细腻，观察力极其敏锐的家伙。看到苏易的态度有所软化，其他的警方人员把这具美丽的尸体装殓后，运送上了警车。现场的事情处理得差不多了，江成也准备离开，看着江成的背影，苏易在后面迟疑地问了一句：“江警官，秦琴，会是自杀吗？”

江成眯起眼睛仔细地打量了一下这个男人，俊朗的五官恰到好处地安放在这张脸合适的位置上，可是本应幸福满满的脸上现在流露出的是一种深深的恐惧和悲伤，甚至还有一些说不清的无奈。江成想从这个男人的脸上看出更多的东西，可惜对于江成来说，最看不透的永远是人心。

江成摇摇头回答他：“对不起，我现在也不能确定，对于这样的非正常死亡事件，我只可以告诉你，我并不认为她会在结婚这天自杀。顺便问你一下，秦琴平常用什么香水？”

苏易摇摇头，他有点诧异江成的问题，不过还是诚实地回答了江成：“秦琴她，从来不用香水的，至少，和我在一起的时候，从来没有用过，因为她的身上，一直有淡淡的体香，我觉得那是任何香水都比不上的气味。”

江成路过秦琴家客厅的时候，秦琴的爸爸，那个一直低着头的男人抬起头看了一眼江成，嘴角嗫动了几下，终究还是没说出什么，只是慢慢踱回了房间。江成心里默默叹了一口气，跟着警车回了局里。

江成一个人坐在会议室里发呆，思索着这起离奇的案件。一个女人选择在婚礼之前自杀？怎么都觉得不正常。从现场拍摄的照片和现场勘查的结果来看，现场确实没有留下什么有价值的线索，凌乱不堪的脚印，从秦琴嘴里散发出来的幽香的味道、秦琴脸上悲哀的表情、婚纱上斑驳的血迹、干净得似乎有些异常的墙面，这些都组成了一个巨大的谜团，紧紧地束缚着江成。

江成把眼镜从鼻梁上拿下来，闭上眼睛，揉了揉自己的太阳穴。江成叹了一口气，告诉自己，还是等一会儿吧，先听听大家对这起案件的看法，可能会有其他不一样的新鲜思路。

没多久，助手小陈、法医钱欣和几个警员都聚集在会议室里，江成重新戴上眼镜，准备听钱欣报告对秦琴的基础鉴定。钱欣刚拿起手上的报告，却又放下，扭头看着江成，挤挤眼睛问："江队，闻到受害者身上香味的时候，你的第一感觉是什么？"江成想了一下："我对女孩子用的东西没有什么研究，就觉得挺好闻的，第一感觉是觉得这个女孩子生前应该很优雅吧，男生应该没法抵抗这样的女孩子。"

钱欣点点头："我认为更准确地来说，对男生是一种诱惑。这款香水是 Dior 公司于 2004 年推出的一款香水，是毒药香水的一个系列，名叫白色毒药。由于它在市场上的成功，甚至有人说对男人来说可以叫致命的诱惑。毒药香水全系列都是比较符合东方女性的使用习惯，应该就是 Dior 公司为了开拓东方市场进行研制的。我在受害者的胃里检测到了大剂量的毒药香水的成分，也就是说，受害者喝下了几乎有整整一瓶的香水。"说完这些，钱欣吐吐舌头，补了一句："挺贵的，都是人民币呀。"

江成皱起眉头疑惑地问："你的意思是，胃里大剂量的香水就是她的致死原因？"钱欣摇摇头解释了一下："不会的，香水的主要成分是香料和酒精，喝下的话根本不会致死，应该只会觉得有点不舒服而已。而且从大部分因素来说，应该属于心理上的不舒服。"

江成心里有了一个更大的疑惑，他问钱欣："可是我们在现场并未发现装香水的容器，不管是高端香水还是低端香水，至少应该会有一个容器，在她的房间，我们不仅没找到装香水的容器，甚至我根本没看到任何的容器，好像连水杯都没有。"

钱欣回想了一下，她并没有注意到香水的容器这件事，跳开了这个问题，钱欣接下去说："还有另外一件事，我在她的胃里，发现了一种新的物质，我们的计算机没能分辨出来，而且在数据记录库里也并没有相关的物质记录。"

江成望着钱欣，问："你觉得那会是什么东西，会不会就是导致秦琴死亡的直接原因？"

钱欣的目光没有离开手中的报告，斟酌了一下才开口："我估计是香水中的某种物质与胃液反应生成的某种化合物吧。据我所知，类似Dior毒药香水这样的高端香水，一般来说配方是绝对保密的，里面使用的花的精油也不一定是单纯的某一种，不过，你放心，"钱欣停顿一下，看出了江成想说的话，接了下去，"正规的香水不管是使用的原料还是成品都是食品级的，为的就是防止误食而可能产生的机体伤害，所以，秦琴没多大可能是因为这种我们不太清楚的物质而死亡。"

坐在一边很久没有说话的小陈突然没头没脑地说了一句："香水。"所有人的目光立即集中到小陈身上，小陈抬头看了一下江成，有点困惑地解释说："法国电影《香水》，江队你没看过吗？那个变态的杀人狂就是杀掉有体香的女孩，然后用她们的尸体制造让全世界为之倾倒的香水。你说，会不会跟那个变态的杀人狂一样，凶手的目标是杀掉她然后用来制造香水呢？让她喝下这瓶香水的目的就是制造比毒药系列更好的香水，因为苏易也说了，受害者身上是有体香的。”

不少人都陷入了思索，小陈提出的倒不失为一个新思路。江成听完立马摇摇头：“我觉得并没有这样的可能，我们从当时的情况来分析一下：第一，她是个有自主思维的人，并不是一个不会动的玩具。从我们对秦琴家人的询问笔录上也知道，受害者是把大家都赶出了房间以后才遇害的，如果她是遭受胁迫，即使不出声，也会有反抗，可是我们在房间的勘查中并没有见到任何打斗或者是反抗的痕迹。如果说当时她已经没有了反抗的能力，凶手不会在做完这件事后在那么短的时间内连一点痕迹都没留下。第二，她婚纱上的血迹，那些血迹你们有没有发现？在附近的墙体上没有沾染到，甚至在椅子和桌子上都没有沾染到，好像只是完完全全地只出现在她的婚纱上。她的身上有伤口，但是我们在现场同样没有找到凶器，对不对？据苏易所说，从受害者把自己关在房间一直到苏易去迎娶她，前后不过一个半小时左右，凶手怎么能那么快速地杀完人以后，把现场的血液全部清理干净，而且凶器还藏得这么利落？所以，我不赞成这样的想法。”

钱欣仔细地盯着报告听完了江成的分析，抬起头说了一句：“我想到了一个人。”

江成立马看向她：“谁？”

钱欣莞尔一笑，说：“传中说，历史上汉成帝的皇后赵飞燕为了获得皇帝的欢心，请教御医，将一种由麝香、鹿茸等名贵且有异香的中药材制成的名为香肌丸的药丸放入肚脐，不仅可以用来保持美貌，而且据说使用之后可以肤如凝脂，全身散发异香。”

江成突然明白了钱欣的意思："你的意思是说，受害者秦琴喝掉香水的目的是想效仿赵飞燕，让自己的身体上能有着更浓烈的香味？"

钱欣对江成挑了挑眉："没错，就是这个意思。"

整个会议室瞬间安静了下来，每个人都在思索钱欣对这个案件的分析。受害者秦琴喝掉香水，只是为了让自己更加迷人？哪个女孩子会有这么愚蠢的想法？

江成盯着面前的茶杯出神，袅袅上升的水汽在江成的眼镜表面形成了薄薄的一层水雾。正当小陈准备开口发问的时候，江成看着小陈说："我有了一个新想法。这样，小陈，从现在开始，你的任务就是，调查苏易身边所有的女性，特别是经常使用毒药香水的女性，调查一下苏易和她们的关系，尤其是可能引起秦琴嫉妒的那种关系，主要找他们身边关系比较近的人进行了解，记住，避开苏易，暗地进行，否则苏易有了警惕心，我们就会比较被动了。"

小陈点点头，合上笔记本，准备完成江成安排的任务。江成说："你带上钱法医吧，她对于女孩子爱使用的这类的东西颇有研究。我觉得有她在，你肯定能最快时间拿到破案所需要的线索。"小陈和钱欣明白江成的意思，带上会议室的门离开了。

江成环视了一下四周，看了看其中一个警员说："林广，你去调一下从七点半开始一直到受害者死亡这段时间里受害者所有的通话记录，最重要的是查到与受害者通话的号码机主身份，最好有一份详细的清单。"林广也合上了笔记本，准备出门进行调查。

正当林广把会议室的门推开的时候，江成叫住了他："林广，我记得你好像就是本地人吧？"林广一愣，回答江成："是的，怎么了，江队？”

江成意味深长地说了一句：“没事，你去吧。记住了，用点心思，秉公办案。”

林广握了握拳头，什么话也没说，走了。

让大家解散以后，江成也从会议室里出来了，他直接驱车去了秦琴家。秦琴的爸爸似乎在一下子之间苍老了很多，陪伴着红肿着眼睛的秦琴妈妈。

看到出现在门口的是江成，秦琴的妈妈突然就拉着江成的手说：“警察同志啊，我求求你，把害死我女儿的凶手给我，我一定要千刀万剐了他！”秦琴的爸爸一把拉住了她，低声劝说：“人家警察同志是来查案子的，你这不是给警察同志添堵吗？我相信他们肯定会找到害死咱琴琴的凶手的。”

秦琴的爸爸扶着秦琴妈妈把江成迎到客厅里坐下，说：“你要问什么，我们一定配合如实告诉就是了，警察同志，你问吧。”

江成点头表示了感谢，拿出随身的笔记本准备记录，却突然问起了另外一件事：“谢谢您的配合，秦先生！那天跟我们一起出警的一个小伙子，戴着口罩，您还有印象吗？他的名字叫林广。”

# 第二章　诡异的导游

秦琴的爸爸妈妈互相对望了一下，虽然脸上有点尴尬，却仍然点了点头。

江成正准备继续问，手机这时候却突然来了电话。江成说了一句对不起，起身接起电话。是警员小陈的电话，不过不是为了报告调查案件的进展，而是十分慌乱地说起了新的警情：“江队，又出事了，接到市博物馆的报警，一个女导游在带队的过程中，没有任何先兆突然开始又唱又跳，不过唱完跳完以后却突然看向馆中的一幅图，先是在装着画的玻璃框下恭恭敬敬地磕头，磕完头以后突然撞向玻璃，现在人已经死亡。”

江成看了一眼坐在沙发上的秦琴爸妈，低声说：“我知道了，现在现场情况怎么样？”

小陈的声音听起来似乎有点内疚：“我们也是刚刚赶到，到这儿的时候，女导游已经死亡了，不过好在博物馆方面应急措施做得比较及时，也在第一时间通知了在馆里参观的游客。现在事态在我们的控制之下，您放心。”

江成赞许地说：“好的，我十分钟左右赶到。记住，先保证围观群众的绝对安全。还有，安抚群众的情绪，打电话通知辖区派出所，有需要的请民警护送游客离开。”

小陈立马答道：“明白，江队。”

市博物馆。发生了这样的事，围观的群众都很好奇怎么回事，都伸长了脖子想要看看事发现场。小陈找到馆长，跟他大致说了一下江成的意思，馆长点点头，立马在广播里进行播报：“各位亲爱的游客，万分抱歉，由于本馆发生突发事件，本定于下午五点半进行闭馆的本馆今天提前闭馆，由此对各位游客造成的不便敬请谅解！请各位游客按照顺序有序离开本馆，需要帮助的游客可在本馆安全出口处找民警同志，我们会保证游客们的绝对安全。再播报一遍……”

偌大的博物馆里，却有一个人在听到广播之后，向着安全出口处相反的方向越走越远。博物馆里幽暗的灯光将他的身影越拉越长……

这边的江成匆忙告别了秦琴的爸爸妈妈，立即开车向博物馆的方向赶去。在车上，江成一直在梳理和秦琴爸妈之间的对话：“那个小伙子，真的是林广那孩子？”

在得到江成肯定的回答之后，秦琴爸爸长叹了一口气：“小广现在都这么出息了呀，孩子小时候我们是邻居，小广总是到我家来，和秦琴一起玩儿，他把秦琴当妹妹一样看待，对她也特别好。还记得俩孩子小时候我就跟小广爸妈开玩笑，说要给两个孩子定娃娃亲。后来，我们住的那片小区里的老邻居全部都搬家了，渐渐地也就再也没有联系了。秦琴妈，你还记得咱们家是哪一年搬到这儿来的吗？”

说起往昔的幸福时光，秦琴爸爸愁容满面的脸上出现了少许的安慰。秦琴的妈妈点着头说：“我记得，是秦琴读初一的时候，那年是 2000 年。”秦琴的爸爸叹了一口气接过了话茬：“不过，后来我们再一次知道小广的消息时，是他和秦琴谈恋爱的时候，我们没想到，俩孩子都考上了兰山第一中学，而且还是同学。当时我们都很惊讶，没想到俩孩子在高中时候又见到了。我们发现他们谈恋爱的时候他们正好读高二，我跟小广爸爸沟通以后，当时决定劝说他们在高三毕业之前好好学习，不要谈恋爱，后来这事到这也就结束了。”

秦琴妈妈接着说了下去：“但没想到的是，琴琴上大学的时候居然跟小广分开了，后来我和她爸爸打听是不是他们之间出了什么问题，她也不说。琴琴大学毕业之后就把小易带给我们看了，还说非他不嫁，孩子的恋爱跟我们这一辈不一样，我们不会去干涉她的恋爱，只要她幸福就好。你说哪个做父母的，不都是为了子女好吗？可谁能想到，会在结婚这天出这样的事？”

还没说完，秦琴妈妈的眼眶又一次红了。江成很能理解秦琴爸妈现在的心情，但是这个时候的他并不适合安慰他们。作为刑警，他的职责就是找到凶手，交还给受害者家属一个公道。秦琴爸爸突然问：“小广那天来没有跟我们打招呼，是不是还在怪我们？”江成向他保证：“即使被害者是他的恋人，他也必须履行作为刑警的职责，因为那是他的工作，再说了，苏易当时在您这儿，他留下来安慰你们也并不合适。我向你们保证，他是个非常尽责的警察。我们会尽快找到凶手，给家属一个交代，林广他现在也正在为案子的事情忙呢。”江成走到门口的时候，迟疑着问了一个并不合适的问题：“我想顺便问一下，你们对你们的女婿苏易是个什么样的看法？”秦琴爸爸看了一眼秦琴妈妈，唉了一下：“苏易确实是个好孩子，只不过真的太招女孩子喜欢了。”

坐在车上，江成一直在思索秦琴爸爸话里这句“招女孩子喜欢”的意味。在和苏易第一次碰面的那天，江成就察觉出来，这是一个不太容易对付的人，对于秦琴的死亡，苏易有绝对脱不了的干系，但是根据秦琴的死亡时间来推算，苏易具有完美的不在场证明。除此之外，他有那么多的人证可以证明他的清白。在路上被撞倒的大爷、跟在苏易后面的花车，甚至当时在兰山一小附近的人都可以证明他的不在场。

但是江成直觉告诉自己，即便苏易不是凶手，他也应该是这起案件知情最多的人，他的身上肯定有江成想要的线索。江成暗暗下了决心，无论如何，都要尽快破案，他不能让一个坏人溜掉，也要保护好每一个好人，这是警徽赋予江成的责任，江成责无旁贷。

一路上想着心思，好几次差点碰上其他的车，不过好在还是安全地到达了博物馆。看到江成，小陈立马迎上来：“江队，你来了。”江成点点头，问：“你不是和钱欣一起的吗？钱欣呢？”小陈指了指里面说：“接到报警后，钱法医就回局里了，她拿了工具就过来了，现在正在里面忙活呢。”

江成快步走进博物馆里，偌大的博物馆里立刻响起了铿锵有力的脚步声。正在忙活的钱欣抬起头，看了一眼江成，眼神似乎有点迷惑，简短地说了一句："匪夷所思。"江成刚刚听了小陈对现场的介绍，心里多多少少也有不解。现场的情况真的像是钱欣的说法："匪夷所思。"小陈说死者在撞碎玻璃前手舞足蹈了好一会儿，但是据旅行社介绍，死者并无精神病史，家族也无精神病遗传史，而且死者带队这么多次，从未出过任何状况，而她突然之间就像是精神病发一般，也不知道是什么原因。

江成皱着眉头问小陈："了解过其他基本情况了吗？"小陈向江成汇报："我问过了，死者也无吸毒史，具体的也得等到局里等钱欣做进一步的尸检才能出结果了。"

江成沉思了一下，问："我听你说死者在死前向一幅画下跪磕头，是哪一幅画？"

小陈指着挂在死者斜上方的一幅画说："就是这幅。"

一直站在一旁并未出声的馆长看江成的目光集中在画上，便介绍说："江警官，这是画家黄慎的《岳飞抗金图》。"江成明显愣了一下，问："《岳飞抗金图》？可是按理来说，黄慎是清代人，在那个文字狱盛行的年代，金和后金再到清代，应该都是一脉相承的，他画这样的画就不怕被抄家吗？"

馆长接下去解释："其实我们也有点不解，因为只在传说中黄慎画过这幅画，但是在相关的正史书中并没有记载。所以当时捐赠者捐这幅画给我们馆的时候，我们一度觉得这应该是后人模仿的赝品，直到请来了清代历史专家对这幅画进行鉴定。经过专家鉴定，不仅画风笔迹符合黄慎真迹的风格，就连年代也是清代，所以馆里就收藏了这幅画。"

江成想了想问："会不会是那个时代仰慕黄慎的后辈画家模仿

他的笔迹画的这幅画呢？”馆长不太确定地嗯了一声，继续说：“确实，我们当时也有过这样的猜想，不过既然是收藏者捐赠的，而年代笔迹也都符合时代特征，所以我们没有理由认为这是一幅假画。”

江成仔细地看着画，画上的岳飞只有一个侧脸，这个曾经带领岳家军打退过无数次金军的将领正站在画上气宇轩昂地看着画的另一端，只不过在他的眼里流露出来的并不是击退敌人之后的开心，反而是一种深深的哀伤。在这段被国人熟知的历史中，最令人哀痛的应该就是十二道金牌命令岳飞班师回朝吧？

壮志待酬，心有不甘。江成看了一下，问馆长：“你确定这是岳飞吗？我记得岳王庙里的岳飞和这幅画上的岳飞看起来不一样。”馆长点点头：“确实不一样，后人为了纪念岳飞这个民族英雄，所以在塑像的时候特地把他的形象塑得十分高大和威猛，而根据史料记载，真实历史上的岳飞应该是中等身材，相貌也谈不上非常英俊，他毕竟是武将，不会是古人口里的有着书生气息的英俊小生。所以我们认为这幅画是所有关于岳飞的画作中最接近历史真实人物形象的画作。”

江成看到画作的左上角有两行小字，指着画问：“对了馆长，我看到画上有字，太小了，我看不清，是什么字？”馆长思索了一下，回答说：“我记得是一首诗。古人都有在画作上题诗的习惯。我来想一下，对了，诗是这样的：忠魂埋骨黄河边，兰花枝头怒放香。大好河山和平像，复得疆土还家园。”

江成听完馆长念的诗，突然之间摇摇头自言自语：“不对，完全是错的，不应该是这样的。”

馆长问江成：“你是不是也感觉出来有什么地方不对了，江警官？”江成点点头，说：“是的，因为史料记载，当初岳飞及其儿子岳云在风波亭以莫须有的罪名被杀害后，遗体被同情岳飞的狱卒背走掩埋了，而掩埋的地方应该是在今天的浙江省杭州市。我记得，杭州市叫南宋御街的景点有个秦桧跪地的塑像，目的是对岳飞赎罪，在这儿怎么会成为了忠魂埋骨黄河边呢？地理位置完全不对啊。”

馆长微笑了一下说：“没错，根据史料记载，确实是江警官了解的这样。但是学术界一直有另一种说法，说岳飞尸骨确实是被那个狱卒埋在杭州市，但是岳云的尸骨却被岳飞忠心的手下偷偷带走，埋在了另外的地方，据说那个手下最内疚的事情就是没能把岳飞的尸骨也带走，让他魂归故里。”

江成斟酌了一下明白了馆长的意思：“也对，这句诗中的忠魂也许指的是岳云而不是岳飞，那馆长您说的另外一个说法中岳云尸骨是被埋在哪儿呢？”

馆长收敛起笑容，一字一顿地说：“古称临河市，现叫兰山市。”

江成轻轻地啊了一声，有点惊讶地问：“就是这儿？确实，黄河流经兰山市，如果真的是这样的话，那就对上了。”

江成仔细研读着这首诗，心里却突然有了一个新的疑问，不过他并没说出来，开口问了另外一个问题：“这幅画的捐赠者是谁？馆长您有没有有他的联系方式，我想跟他聊聊，说不定对我们破案有帮助，因为这幅画也许会是破案的线索之一。”

馆长说了一句“稍等一下”，一路小跑回了办公室。没过五分钟，馆长又回到了大厅里，手里拿着一个厚厚的本子。馆长翻阅了一下，指着一个名字说：“这儿，你看，许子凌，兰山市古籍研究及保护中心，身份是研究员。”照片上是一个明眸皓齿的女孩，光看照片，就觉得是那种一颦一笑就很牵动人心的美人，这样的女孩子，很容易让别人联想到大型企业里的职业办公室美女，却没想到是个对古籍有研究的研究员。

一边的小陈伸长了脖子看了看馆长手里的资料，却突然发出了一声惊呼，在江成询问的眼神下和法医钱欣交换了一下眼神，不过他什么都没说，沉默着摇了摇头。

江成留下了许子凌的联系方式，向馆长道谢了以后，和小陈、钱欣一起坐车离开博物馆往局里赶。

坐在车上的小陈一直在发愣，江成瞟了一眼他说："这个许子凌是不是你和钱法医找到的跟苏易有关系的人，那个习惯使用毒药香水的女性？"

小陈点点头："嗯，没错，就是她，我跟钱法医去调查的时候，问了苏易关系比较好的同事和朋友，才了解到这些信息。对了江队，苏易这几天都没有上班，我们问了一下他的单位，单位答复说苏易是因为要处理未婚妻死亡的事，所以请假了。不过说真的，发生这样的事，确实很难接受。"

钱欣在一边补充着小陈的话："我们在他的单位隔壁见到的这个女人。当时，我们正好准备离开，苏易的同事和我们一起下楼，这个许子凌正在等电梯，苏易的同事悄悄跟我们说那就是许子凌，所以我们就这样见到了她，不过，我们没有跟她说话。"

江成来了兴趣，笑着问："钱大法医，说说，你对她的印象是什么？"钱欣仔细地想了一下，回答江成："漂亮，聪明，而且，我觉得不太好对付。"

江成想起来什么一样，加上了一句："钱欣，那你在靠近她的时候，有没有闻到毒药香水的味道？”

钱欣肯定地说：“闻到了，我肯定是毒药香水系列里的，不过应该不是那天在秦琴身上发现的白色毒药香水，因为中调的味道不一样。”

江成大笑起来，调侃了钱欣一句：“能让我们刑警队里的人说出漂亮的女人，估计得有西施那么漂亮吧？也好，我们先回一趟局里，然后明天就去会一会这个漂亮的女人吧。”

钱欣白了一眼江成，没有搭话，小陈倒是在一边乐呵了半天。

却没想到，这个不速之客居然自己来到了刑警队。江成第一次打量着这个女人，她比照片上看起来还要漂亮，精致的妆容让她整张脸毫无瑕疵，五官就那么恰到好处地安放在每一个合适的位置，得体的装束衬托着她玲珑有致的身材，举手投足间带出来的淡淡香气配上她诱人的风情，真的可以说让不少的男人拜倒，江成的心里咯噔一下，和漂亮而又聪明的女人打交道是一件非常头疼的事情。

这个女人在江成他们找她之前主动找到刑警队来了，那么她也应该多多少少猜到了一些江成他们的想法，让被调查的人得知自己的想法，这是一件很危险的事。江成决定先保持沉默，等着她开口，再见招拆招。

许子凌嫣然一笑说：“我听说苏易的未婚妻秦琴死了，你们不用很久应该就能查到我和苏易认识。另外，今天下午我听说，在我捐给博物馆的那幅画前面死了一个导游，所以我就来了解一下怎么什么倒霉事都找上我了，我相信我不来找你们，你们也会来找我的。”

江成微笑了一下，简短地问：“不得不承认，许小姐真的是机智过人，事实也确实和你说的一样，我现在不想了解你和苏易之间是什么关系，我只想听听，关于这幅画到底有什么不可告人的秘密？”

许子凌挑了挑眉头，漂亮的眼睛盯着江成，莞尔一笑：“还不知道这位警官怎么称呼呢？”江成也回应了一个难得的笑容，说：“我姓江，刑警大队一支队队长，江成。”

许子凌拿起一次性水杯优雅地喝了一口，淡淡地开了口：“江警官，你们在博物馆里只见到了一幅《岳飞抗金图》，但是实际上，黄慎画的关于岳飞的画有九幅。”

江成没想听到的是这样的回答，心里着实惊讶了一下，反问她：“九幅？”

许子凌笑了一下：“没错，九幅，除了捐赠给市博物馆的那一幅，剩下的都在我家里，江队长如果有兴趣，可以到我的家里来看看那些画。毕竟都是贵重的文物，我也并不想把它们展示出来，对我来说，它们隐藏了很多我想知道的东西。”

江成知道她的意思，许子凌捐赠出来的这幅《岳飞抗金图》想必是已经解开了隐藏在上面的秘密，而她是想借助别人的力量帮助她解开隐藏在剩下的八幅画里的秘密。

明知道可能会有陷阱，但是关于这些秘密，不管是隐藏在文物里的秘密，还是隐藏在这个事件里的秘密，江成都想解开它，因为这也是办案的需要。江成的心里有了一个不好的预感——面前这个聪明的女人给自己下了一封棘手的战书。

江成点点头：“好，不知道明天上午许小姐有没有时间？如果方便的话，明天我想去许小姐家欣赏欣赏大师的画作。”

许子凌笑得很妩媚：“明早？那当然好，毕竟怎么说呢，还是越早越好。”

江成还在思索那九幅画的事情，许子凌已经站起身，礼貌地跟江成道别之后，就离开了刑警队。

小陈凑到了江成身边，悄声说：“江队，我怎么说来着，这女人不好对付吧？”

江成冷笑了一下：“不仅是不好对付，而且来者不善。”

小陈有点迷惑地望着江成。江成看了一眼小陈迷茫的神色说：“小陈，明天我们从许子凌家回来之后，你要安排人对她进行 24 小时监控，这女人身上有我们破案需要的线索，而且……”

江成并没有把而且后面的话说完。

小陈在笔记本上记下了。江成略微思索了一下，抬起手指着法医办公室的方向对小陈说：“这样，你去跟钱法医说一下，明天让她跟我们一起去许子凌家。本身作为女性，她对于香水这类的东西比我们敏感，而且，她是个医生，说不定在我们都不擅长的地方能给我们一点帮忙。”

小陈小跑着去找钱欣说了一下江成的意思，这个年轻的姑娘满脸的不情愿：“江队这什么意思啊，天天使唤我，真拿我当他的私人警犬啊。”

江成在法医办公室门口听到钱欣的不满，满脸歉意地走进法医办公室赔着笑说：“钱大法医，实在对不起，等这次的案件结束了，我自掏腰包，请大家吃饭，你点饭店，再贵我都请，行不行？”

钱欣嘟着的嘴终于恢复了正常，脸色也转为晴天。她从打印机上拿起一张刚打印好的 A4 纸，看了一下签好字递给江成，简短地说：“这是博物馆案件死者的基本尸检报告，你看一下，反正我自己都觉得有点蹊跷。”

江成疑惑地拿过报告，认真读了起来。上面记录了一些关于这个导游的个人信息，包括家族中有无精神病史以及是否有一些引发精神病的外力因素，在钱欣给出的报告中，女导游的死因并不是因为头撞向玻璃柜而导致死亡，虽然在颅内发现了一些机械性损伤，但是这个小的损伤并不致命，真正致命的是她吞下的玻璃碎片。

小陈也看到了报告上的记载：死者刘晓芝，女，31 岁，未婚，外来务工人员，毕业于江州市旅游管理职业技术学院，供职于兰山市好旅游旅行社，长期带队博物馆等景点，表现优良，无精神类疾病以及精神病史，刘晓芝本人陈述家族无精神类遗传病（好旅游旅行社提供）。死亡时间：2014 年 9 月 3 日 14 点 45 分；死亡地点：兰山市博物馆。经组织学检查及诊断、病理学诊断，尸长 162cm，尸重 55kg，发长 40cm，发色黑色。讨论：肺叶无出血，口鼻腔、喉部、主气管及支气管有大量血凝块，死因为窒息死亡。报告人：兰山市公安局刑警大队钱欣。

江成看到这里，不禁倒抽了一口凉气。

当玻璃碎片刺破喉管的那一刻，江成想象着鲜血淋漓的感觉，不知道这个女导游死亡的时候想的是什么，有没有感受到恐惧，但是现在萦绕在江成心头的是这个女导游为什么会自杀，她的理由和动机呢？这就是最重要的线索，但是随着她的死亡，这些却被刻意地隐藏了。

江成想起了曾经有人告诉过他的一句话——要想知道秘密，还是要找到谜题，因为谜底在谜题的背后。

# 第三章 完美的不在场证明

第二天一早，江成就驱车带着小陈和钱欣来到许子凌家中。

许子凌住在兰山公园后面的住宅区，整个小区全是花园式洋房，当时开发商以兰山公园为楼盘亮点，将整个楼盘的售价大大提高，即便如此，还是有不少家境优渥的人家都把这个地方作为置业的选择，只不过后来据说房屋的质量出现了问题，所以开发商的口碑变差，有传言为了躲避纠纷，开发商突然就人间蒸发，迄今为止都没有找到下落，而他的家人也就在他失踪两年后正式将他的户口销户，从此这个开发商在法律意义上就是个死亡的人了。当然，到底是不是真正生物学上的死亡，没有人知道。

当初江成也听说过这件事，都是在同事偶尔的谈资中获取到的信息。兰山公园建成比较早，这个小区的开发距今也已经有五六年的时间，对于江成来说，开发商的失踪并没有涉及任何刑事案件，所以他并不打算过度去了解与自己无关的事情。

江成三人走进兰山公园，准备通过公园里的小路直接进许子凌所在的小区。不得不说，这个被公园环抱着的小区环境确实十分幽静，颇有种闹市中的世外桃源之感，也难怪当初的价格可以傲视群雄。

这个小区有个十分洋气的名字，叫奥多西小镇。许子凌住在奥多西小镇 10 栋 1 单元 202 室，也就是最靠西边的位置。江成仔细地看着许子凌给他留下的地址，有点懊恼。从公园里看过去，小区的房子外观都是一样的，而楼身边上的数字经过长年的风吹日晒，已经模糊不清了，这不免让本就方向感不好的钱欣害怕到时候辨认不清方向。

小陈安慰着她："怕什么，路在嘴上，你还怕我们找不到许子凌的家吗？"

钱欣狠狠地白了一眼小陈，没接他的话。

刚进小区，江成就被物业拦了下来。小陈出示了一下证件，顺利通行。不过江成却仔细地看着伫立在小区大门口的一尊佛像。

那是一尊普通酒店里也可以见到的弥勒佛金身塑像，只不过这尊佛像大得出奇，而且栩栩如生，从这尊造型精美的佛像上足可以窥见开发商的雄厚实力。笑眯眯的弥勒佛看着来访的人群，在阳光的照耀下，佛像的全身都闪烁着金色的光芒，让众人不得不侧目。

小陈有点抱怨地说："真是的，就算是为了展示财力也不是这么个展示法，这要是在阳光特别刺眼的时候，开车过来肯定很容易出事故。"

江成也觉得有点不妥，本身金色的弥勒佛就很容易反射阳光，而且这尊刚刚好就在大门口，像小陈说的一样，这要是真的是在阳光比较好的时候，刺眼的反光确实很容易引起交通事故。

说起这个，物业也大倒苦水，之前有辆车走错了道，造成两车相撞，而最直接的原因就是闪着金光的佛像让两辆车的司机都没有注意到对面有车。好在速度都不是很快，所以两车的车身都只是有点小剐蹭，两车司机也就没有追究下去了。相对来说，这个小区的入住率不是很高，所以事故的发生概率也大大降低了。

江成想起钱欣的担心，把地址从口袋里掏出来递给物业，物业管理人员热心地指示着许子凌的家。

到了10栋1单元的楼下，为了表示礼貌，江成给许子凌打电话，电话那边的许子凌声音听起来似乎睡意蒙眬，不过还算清醒，在打开密码锁的大门之后，江成他们顺利地站在了许子凌的家门口。

听到敲门声之后，隔着房间门传出来许子凌的声音："不好意思，请你们稍等一下，我在梳洗。"

小陈和钱欣无聊地互翻了一下白眼，自顾自地开始摆弄手中的手机。小陈搜索新闻的时候，手机突然提示了一条信息，看完信息的小陈不禁握紧了冒出大量汗的手心，站在一边的钱欣发现了他的异常，向小陈投去探询的目光，不过小陈只是尴尬地笑笑，什么都没有解释，但加倍握紧了手中的手机。

江成侧目看到了小陈的反应，没说话，心中却在揣测发生了什么。过了十分钟，终于在听到一声椅子被绊倒的声音之后，许子凌终于打开了门，热情地邀请三人入内。

看到江成，许子凌笑靥如花，问："江警官，不知道你们三人喝清茶习不习惯？我这里有上好的西湖龙井。"

江成代替了钱欣和小陈的回答："不麻烦许小姐了，我们喝开水就行。”天气有点热，江成确实有点口渴。

许子凌进了厨房，想了想，还是泡了三杯茶，用托盘端着走到沙发边，把茶递给他们。

江成礼貌地笑笑，接过许子凌递过来的茶，泡开了的茶让整个房子里都弥漫着茶叶特有的清香。

喝了一口，连江成这种对茶叶没什么研究的人都忍不住赞叹说：“这茶确实很香，许小姐真是个会生活的人。”许子凌的脸上一直带着淡淡的笑意，不过似乎对江成的夸奖毫不在意。

在许子凌的带领下，三人随着许子凌一起走进她的书房。许子凌的家是复式结构，书房在二楼，或者更准确地说，整个二楼都是许子凌的书房。

江成刚抬头，就看到许子凌提到过的那八幅画。即使对于艺术一窍不通的江成，也不得不由衷地发出赞叹，这些画确实是画中的极品，每一幅都像是被画家注入了鲜活的生命，让人不得不侧目。在博物馆里见到的那幅《岳飞抗金图》和这几幅一样，画中的人物真正在画家的笔下活了过来。

江成凑近看了一下，画纸是上等的宣纸，画家并没有吝惜笔墨，在宣纸上洇染开来的色调一气呵成，让整幅图显得十分流畅，想必画家作画的时候也应该未受打扰。

许子凌指着第一幅图介绍说：“这是画家黄慎画的第一幅关于岳飞的画作，叫《天将入人间》。”刚说到这儿，许子凌调皮地歪着头问，“江警官，您对岳飞这个历史人物有多少了解？”

江成尴尬地笑笑：“不好意思，不甚了解，还是请许小姐给我们详细介绍介绍吧，您毕竟是做历史研究的，我们就不班门弄斧了，

7

省得让您看笑话。”

从研究所那边调到的资料，许子凌出身历史科班，对于历史的熟悉程度绝非江成这种只喜欢历史小说的人能相比，她收起笑容，严肃地说：“关于岳飞在带领岳家军抗击金兵之前的故事，江警官最为熟知应该的就是岳母刺字的故事吧？”江成点了点头。

许子凌说：“在传说中，岳飞的出生也是十分神奇。只不过，我现在说的这些在正史当中没有过记载，就当是我给你讲故事吧。”

江成表示出很浓厚的兴趣：“那当然好了，我和你们这些研究员不一样，我喜欢看历史小说，所以，还麻烦许小姐不嫌麻烦。”

许子凌看着江成的眼睛，似乎是为了确认他的话中有多少客套的成分，有多少真实的意思，只不过，许子凌还是避开了那凌厉的眼神，抬起头看着画的方向，说：“古有语，燕雀安知鸿鹄之志，据传闻，当年岳将军出世之时，有像鸿鹄一样的大鸟飞进岳将军家，一直盘旋和鸣叫，所以岳将军的母亲给他取名叫飞。”

江成仔仔细细地看着这幅画，画面上的岳将军母亲的眼神十分温柔，她看着怀中出世不久的婴孩，母性的光辉在那一刻完完全全地迸发出来。

许子凌看到了江成的走神，故意停下了话语，但江成的思绪仍在飘飞，并没有回应许子凌。钱欣尴尬地用手肘碰了一下江成，江成回过神来，看到许子凌的表情，赶忙跟许子凌道歉。许子凌佯装生气地说：“看来还是我的讲解不够生动嘛，江警官这么容易就走神了。”

江成赔笑着说：“不是不是，我不是一个好的听众，许研究员别误解，您继续讲解。”许子凌翻了一个白眼，指着第二幅画介绍说：“这是画家黄慎的《天将习武图》。”江成思忖着，据历史记载，本来相对唐朝来说，宋朝就是个风雨飘摇，国力不甚雄厚的时代，加上南宋皇帝治国并不如唐朝那样铁腕，所以整个宋朝虽然在文化方面有一个较大的发展，国力却并未跟上文化发展的脚步。在这样一个薄弱的时代，岳元帅能打退实力雄厚的金兵，也着实不负天将的称号。

江成点点头，环视着这些画，觉得有点古怪，他总是感觉哪里不对劲，却又不知道到底是什么地方不对劲。他轻轻地揉了揉自己的脑袋，想把这种讨厌的感觉甩出去，却是徒劳，那种感觉死死地粘住了他。

许子凌走到第三幅画前，滔滔不绝地解释着：“这幅就是《岳母刺字图》，相信你们对这个故事应该早已耳熟能详了吧。画中的岳母在岳飞的背上用力刻下了‘精忠报国’四个大字，在画作中，黄慎用了金色来突出那四个字，十分醒目。”

江成猛然说了一句：“不对。”许子凌停下了话，一脸狐疑地看着他。江成指着“精忠报国”四个大字说：“如果我的知识没错的话，在古代的画作中，使用的几乎都是矿物颜料，金色是个从来没有被使用过的颜色，既然黄慎是清代的画家，又怎么会使用金色的颜料呢？”

许子凌转头看着画淡淡地说：“因为这幅画上的金色使用的是真正的金子。”

钱欣惊讶地张开了嘴：“真正的金子？”

许子凌说：“是的，清代时期已经有将黄金研磨成粉状在皇宫或者庙宇上进行装饰的传统了。而且，你看到的这些图的很多金色的地方，其实都是用黄金丝粘贴上去的。”

江成心思一动，想张嘴说些什么，却又没有发出声音。

许子凌用审视的目光看了一眼江成，嘴角悄悄扯出一个笑容，却悄悄发现另一边的钱欣用充满怀疑的眼神望着自己。许子凌收回目光，清了清嗓子，继续介绍说：“这第四幅画是《岳飞教子图》，画作描画了岳飞与长子岳云一起习武的样子。”

画上的岳云小小年纪就已经有了武将风范，的确是虎父无犬子，但画作上气宇轩昂的父子二人此后却以莫须有的罪名被害于风波亭，让人不得不扼腕叹息。

许子凌没有停下继续讲解的脚步，把江成的目光从第四幅图拉了出来：“江警官，你来看，这第五幅画叫《金兵犯关图》。”江成却指着画提出了一个新的问题：“既然说是金兵犯关，为什么图上只有岳元帅一人呢？”

许子凌摇摇头解释着：“关于这个，我也不是很清楚，不过我认为最有可能的原因就是，画作作者黄慎对岳将军十分崇敬，在他的所有画作中，想表示出的应该是对岳将军的尊重吧，所以刻意抹去了金兵的那一部分。就像你们在博物馆里见到的那幅《岳飞抗金图》中，虽然黄慎画的岳元帅是十分接近史书中对于岳飞描述的外貌，但是岳元帅的气质却表露无遗。”

江成对许子凌的说法表示赞同，兴趣盎然地让许子凌继续。许子凌不慌不忙地啜了一口清茶，慢悠悠地说：“既然到了我这儿来，江警官不如慢慢欣赏，何必着急呢？反正今天我没有事，可以慢慢给你们讲解。”

江成刚想说局里的事情比较多，却突然转念，说：“那当然好啊，只要许小姐不觉得耽误就好。”

许子凌挑了挑眉头：“时间还早，不如我们一起品个茶，坐着休息一会儿吧。”江成点点头，突然说：“许小姐，不知道等会儿我们走的时候，能不能借这几幅画回去仔细研究一下？”

钱欣拉了一下江成的衣服，摇摇头，悄悄说：“江队，这可是文物，到时候不小心弄坏了的话卢局肯定会考虑把你卖掉的。”

江成对钱欣开心笑了一下，话却是对许子凌说的：“不知道许小姐同不同意？”

许子凌优雅地坐了下来，过了一会儿盯着江成的眼睛说：“当然可以。”

钱欣颇感意外，问:“为什么？你就不怕我们会把这个弄坏吗？”

江成没有看钱欣，只是探究地看着许子凌说：“不会，因为这些都是赝品。”

这下子，连一直都没出声的小陈都大吃一惊。

许子凌只是出神地盯着自己面前的茶杯，浅浅抿了一口。

江成看着还是一脸迷惑的钱欣和小陈解释说：“上品宣纸原产于安徽省的宣城市，经久不脆，而在宣纸中又分为生宣、熟宣以及半生熟宣，特点在于生宣纸吸水性和渗水性比较强，遇水即化开，能产生丰富的墨韵效果，常用于写意山水画，但是作画很难把握。所以如果是人物画，一般会采用吸水性和渗水性都不是很强的熟宣纸。我记得熟宣与生宣的区别就在于熟宣是用明矾水加工制作出来的，而生宣并没有加工过，所以纸张应该更柔软一点。黄慎作为名画家，这点不可能不知道，所以如果这些是出自于黄慎的真迹，原画应该使用的是熟宣，而你们看，几幅画中，画中的人物在边缘处都有着非常明显的渗水痕迹，不过拖泥带水的痕迹非常少，这也足以证明了仿画者是一个高手。”

许子凌一口气喝完杯中的清茶，赞叹着说：“江警官果然见识过人，难怪年纪轻轻就成为了刑警队队长。”

江成有点不好意思：“只是因为家里老爷子喜欢书法，以前出差托我给他买宣纸，我买错了，所以告诉我的。”

许子凌叹了一口气：“确实，在那个时候，宣纸的价格非常高，没什么人能够用得起，而仿画者只是个喜爱作画的穷人，对于别人赠送给他的宣纸他有什么挑剔的理由呢？”

江成说：“这是不是说明，仿画者和黄慎应该是相识的？”

没等许子凌回答，小陈却插了一句：“这么说，博物馆里那幅画也是假的了？可惜馆长居然没发现。”

许子凌冷笑了一下：“不是馆长没发现，而是那幅画的确是黄慎的真迹。”

江成问：“你之前提到过这几幅画关乎一个秘密？你是应该已经知道那幅《岳飞抗金图》之中的秘密了吧，所以让我们帮你解开存在剩下的画中的秘密。”

许子凌丝毫没有掩饰自己的目的：“你说得没错，当年，黄慎画了九幅关于岳飞的画作，而在这九幅画作中，黄慎隐藏了一个秘密，线索就藏在这些画作中。传说当年岳飞手下的一个大将将岳云的尸骨带走，埋在临河，由于惧怕秦桧的搜查，于是没有立碑，只是象征性地用了一些石块来标志位置。但是这位大将不仅为自己忠心耿耿追随的岳元帅的死而痛心，同时也因为不能带回岳元帅的尸骨而无比遗憾。当时那个大将曾经很多次地劝说岳元帅自立为王，因为他看不到宋朝未来的希望了，可是岳元帅都没有答应，在岳元帅死后，这成为他一生的遗憾，但是唯一的欣慰是，他保护了岳元帅遗留在人间的一个秘密。另外值得一提的是，当时他带走岳云尸骨的时候，岳飞的尸骨已经不见了。”

江成知道这段历史，看着旁边的小陈和钱欣很是感兴趣的样子，江成开口接了下去：“据说，当年岳飞在杭州大理寺墙上留下‘天日昭昭，天日昭昭’的绝笔之后就被杀害了，而当时的狱卒隗顺同情岳飞的遭遇，于是偷出了岳飞的尸骨，背出了杭州城，埋到了钱塘门九曲丛祠外。当时的信息肯定不如现在发达，所以当狱卒去世后，知道岳飞尸骨下落的只有狱卒的儿子了。这也是让那位大将遗憾终生的一件事吧。”

许子凌笑得很好看地说：“真是没想到啊，江警官以后是不是可以考虑来我们研究所上班呢？”

江成不知道如何答话，只能微笑了一下作为回应。

江成又重新抬头看着剩下的几幅画，除去挂在博物馆里的那幅画，还剩下三幅没有介绍。第六幅的画作中几个武将聚集在一起，眉头紧锁。许子凌说：“这幅画中的故事不用我说，估计你们也能猜出来，十二道金牌命令岳家军班师回朝，这幅画在黄慎的手记中也有记载，叫《金牌召将图》，真是可惜可叹啊。”

许子凌走到第七幅画前说：“这幅画，是黄慎的最得意之作，叫做《金兵退师图》。”画作中城门上的岳飞脸上荡起了笑容，那是饱经风霜之后对于战果的认可，这也是他最大的幸福吧。

看到最后一幅画，许子凌的脸上也出现了深深的悲哀，不用许子凌多介绍，江成也知道是什么。画作中有一个亭子，亭中一人背手而立，虽然满脸悲愤和遗憾，但是目光看向远方，这片他最爱的土地。亭子的名字叫风波亭。

许子凌轻轻地说："这幅画名字是《风波英雄图》。"

江成忍不住深叹了一口气，这段悲怆的历史被世人熟知，但民族英雄却落得含冤而死的悲壮地步，无论是谁，重读这段历史，都不免唏嘘吧。

江成想起来一个问题，问许子凌："对了，当初带走岳云尸骨的那位大将叫什么？"

许子凌简单的两个字作为回答："牛部。"

江成对这个历史人物却没有什么印象，看了一下时间，说："许小姐要是不介意的话，我们等会儿把这几幅画带走，我想仔细看一下。"

许子凌点点头："当然，不过既然江警官知道我的意思，那就希望江警官能尽快帮我解出谜底。"

江成不敢确定似的并未答话。

一边的小陈和钱欣细心地卷起画轴，卷完之后，小陈全部抱在怀里，像是抱着易碎的瓷娃娃。

三人道别了许子凌之后，向楼下走去。

在门关上的那一刻，许子凌盯着空荡荡的墙壁，眼睛里却突然闪现出了一点泪光。她闭上眼睛，让时间又重新回到那个风雨飘摇的时代。在研究这段历史的时候，那些被人熟知的故事给予她的只是无穷无尽的悲哀，史书上的历史，是否掩盖了真正的历史，古籍、传说、正史，谁才能告诉他们真正的渊源？

江成一言不发地下楼了，小陈和钱欣跟在后面不明所以。钱欣碰碰小陈，本想问问江成怎么了，却差点把画作都碰到地上去了。

外面的阳光正好，不过与某人的心情不一样，因为从许子凌家里出来一直到坐上车，江成一直无言。

小陈看了一眼脸色并不好的江成，正想说话，江成开口了："小陈，看来这下子我们有忙的了。我们回去之后，记得让林广找几个兄弟盯着她，千万记住不能被她发现。"

小陈点点头，又叹了一口气："不过这画里的秘密不知道什么时候能解得出来？"

江成冷笑一下："这画里是有秘密，不过恐怕许子凌早就解出来了，绝对不像她说的那样，只解出来《岳飞抗金图》中的秘密。记不记得她昨天说的话，她说：'有些东西，来得越早越好。'我倒是觉得，她真正想表达的是，我们能尽快解出这画里的秘密，不过我也想不通她的目的是什么，单纯为了挑战我们还是什么。你想想，她是个古籍研究者，掌握第一手资料非常简单，况且对于这画的来源，她那么清楚，说不准，画这些赝品画的人就是她的祖先或者是她熟悉的人的祖先。在把画捐赠给博物馆那天，我估计她就应该猜到古人想通过这画给我们什么样的提示了。你们有没有发现，画从墙上拿下来的时候，墙上有些泛黄的痕迹？她把那幅画之后的画向前移动了一个位置，遮住了泛黄的画框位置，所以画应该是被打乱了顺序的。"

正要驶出小区大门的时候，却见到一只很大的狗在门口来回徘徊。那只狗脏兮兮的，可是看起来十分温顺，而路过的人都会跟狗狗打一声招呼，看来这狗很得大家喜欢。奇怪的是，门口的物业管理人员居然也不驱赶它，只是任由它在门口来回走动。

狗狗在门口的那个巨大的弥勒佛塑像前趴了下来，享受着懒散的阳光。小陈看着狗狗说："这只阿拉斯加洗干净了肯定特别漂亮。"

江成来了兴趣，问："你说这是什么？"钱欣回答了江成："这是雪橇犬阿拉斯加呀，很温顺的。我也喜欢狗，只不过我喜欢那种小巧玲珑的狗，我觉得太大的狗食量太大养不起，而且打理起来也很麻烦。江队，你知道吗？我们家小区那儿好多养狗的，天天晚上遛狗的人好多，我每次回家的时候看见就会摸一下，那片的狗跟我都很熟的。其实我也想养一只，不过我爸妈不让我养。"

小陈打趣着："真没想到，钱法医这么大了还怕爸妈呢？"

钱欣撇了一下嘴："因为他们两个都是很古板的那种老师，我从小到大怕老师就是因为受到他们的影响。"

一聊起狗狗，两个年轻人就来了兴趣，讨论不休，正刷卡出门的时候，江成指着门口的狗对物业管理的人说："这狗挺好看的，就是有点脏了，真是可惜了，要是有人收养它给它洗干净就好了。"

物业的人居然深深叹了口气说："谁敢收养它啊？它原来可就是我们这个小区开发商的狗，听说当时这个小区开发建设的时候，它天天跟着老板来这儿，在它主人失踪了以后，它就跟疯了一样，天天在这儿转悠。门口的这尊大佛是老板亲自监督打造的，老板特别喜欢，所以我们都说这狗啊通灵性，知道这是主人的心爱之物，所以它也喜欢这尊大佛。平时我们看它可怜，有剩饭的时候就喂点饭给它吃。"

江成一路上都在想这件事，险些闯了两个红灯，钱欣忍无可忍，决定自己上阵开车，小陈嘟囔了一句："马路杀手。"钱欣回头大吼一句："要是再让他开下去，我们都得玩儿完在回去的路上，回头我看看谁来帮你们解剖。”

江成没有参与两个年轻人的斗嘴，突然莫名其妙地想到许子凌在他们离开的时候悄悄对自己说的一句话：“你有没有觉得这个小区有点邪门？”

# 第四章　死者来电

下车刚回到办公室，江成就对小陈说："小陈，你跟我一起去趟档案室，我们查一下奥西多小镇的开发商资料，顺便查一下这个开发商失踪的情况。"

小陈问："江队怎么了？不是要查这几幅画吗？那个开发商都已经失踪那么久了，咱们还要管这件事干吗？"

江成摆弄了一下电脑，安静地想了一会儿，看着小陈。

江成斟酌了一下，说："他已经死了，而且我认为是被谋杀的，如果我猜得没错的话，尸体应该就在那尊弥勒佛金身塑像里。"

小陈大惊失色："什么！"

江成喝了一口水，说："刚才从那个地方走的时候，我就觉得奇怪，那只大狗是在主人失踪的同一天在佛像边转悠，而佛像也是那天被投入使用的，狗也许不知道什么是人的心爱之物，但是它能分辨主人的气味，如果它的主人的气味固定在某一个地方，而且一直没有变，是不是就会产生刚才的那种现象？狗是一种对气味很敏感的生物，它会循着人的气味去寻找，但是它的目的地只有那一个地方。我就开始有点怀疑，会不会是因为那个开发商的尸体一直在刚才的那尊佛像里？”

“还有，”江成补充了一句，“刚才我连着内网看了一下当时的案情记录，时间、地点都很模糊，甚至对于案情的介绍也不是很详尽。更蹊跷的是，在笔录上不少应该填写的地方居然是空白，最让我感兴趣的另外一点是失踪者家属的态度。”

钱欣感兴趣地凑了过来，问：“江队？开发商家人的态度你觉得有问题？为什么？笔录上记载了什么？”

江成把电脑的显示屏对着两个年轻人，指着图片说：“你们看，案情记录上很明显地记载着开发商妻子的原话：如果他死了，就让他安息，不要让他再回来了，因为他是恶魔。你们不觉得很奇怪吗？按理说这个开发商生意做得这么大，家里几乎都是靠他一个人撑起来的，即使不是这样，作为跟他同甘共苦的妻子，怎么会对办案的警察说出她的丈夫是恶魔，不要去寻找这样的话呢？会不会是这个开发商长期对妻子进行家暴或者在外面有情人这种情况，妻子一怒之下将他杀死，然后处理得很干净，没人过问，在到了可以宣布死亡的时候，报了死亡？”

小陈有点不解江成的意思：“江队，即使这个开发商是被谋杀的，可是这个案件与我们目前要查的案子没有关系，这样的话是不是距离我们办秦琴和导游死亡案的思路越来越远了？”

江成说：“刚才我们离开许子凌家的时候，她悄悄地问了我一句，有没有觉得这个小区有点邪门？”

小陈问："所以您就觉得画的秘密和我们要查的两个案子是有关联的？不可能有这么巧合吧？"

江成摇摇头："我不是这个意思，我刚才在路上一直在想，许子凌提到这个小区的问题，是不是想告诉我们这个小区开发商的失踪案与这些画有什么关系？如果开发商的死亡是在找画的过程中发生的呢？而且秦琴死亡案和导游死亡案我们都没有头绪，就算是被她牵着鼻子走一回，又有什么关系呢？"

小陈问："江队，那我们要不要去找一下当初办案的警察呢？"

江成表示了不需要："看这份笔录的样子，我觉得不用了，我们去找这个开发商的妻子说不定会得到更多的信息。"

一行人按捺不住好奇心，又一次返回到奥多西小镇，许子凌一直在窗口待着，看到江成的车又一次驶进小区，端着高脚红酒杯的她脸上露出一丝丝古怪的笑容。

果然猜中了，事情现在变得越来越有趣了，许子凌自言自语着，将杯中的液体尽数灌进了自己的胃里。

开发商姓何，很巧的是，他的妻子也姓何，叫何晶。可是何晶并不住在案情记录本上记载的地址，兜了一圈没找到，问过物业之后，江成才知道，何晶住在奥多西小镇的对面小区，名字居然叫奥多兰庄园。

小陈嘀咕了一下，说："这开发商应该再开发两个小区，叫奥多东小镇和奥多北小镇，这样，东南西北都凑齐了。"

钱欣捂着嘴笑了一下："那还差一个奥多中呢。"

江成没有参与到他们之间的聊天，他心事重重地想着，不知道待会儿见到何晶，他应该用怎么样不刺激到她的方式去挑起这个话题，几年过去了，她应该也不希望有人继续调出这件旧事重谈吧。

按照物业给的地址，江成三人顺利地找到了何晶的家，可是没想到，门已经开了，一个长相真的没办法用好看去形容的女人站在窗子前，盯着对面小区门口的那尊大佛。

不过从何晶身上流露出一种淡淡的气质，让站在阳光里的她像一株雏菊花般淡雅，很吸引人。

何晶扫了一眼三人，看着江成说："是刑警队的江队长吧？刚才物业来过电话了，说刑警队江队长找我，应该就是您吧？谢谢您能来这里找我，让我不用出门。不过您该知道的已经知道了，为什么还要来我这儿，有些事情变成秘密不是更好吗？"

江成皱着眉头问："为什么？难道你就希望你的丈夫这样不明不白地闷在那个地方，尸骨都不能得到妥善保存吗？"

何晶摇摇头，满脸尽是悲哀的神色："怎么可能呢？老何不仅是我的丈夫，还是我远房的叔叔，我怎么舍得把他一个人扔在那个地方？"

"啊？"小陈和钱欣同时惊呼起来。

只有江成的脸上仍然是一副波澜不惊的表情，他在查询案件副卷的时候，就得到了这个信息，不过他没有告诉小陈和钱欣，不过这个信息也让江成第一时间排除了何晶是杀人凶手的可能性。不过，说起来这两个关系说近也近，说远也远，还相差着辈分的人是怎么走到一起的，江成确实很好奇。

何晶看了一眼惊讶的小陈和钱欣，苦笑着说："很惊讶吗？你们年龄都这么小，都还没谈过恋爱吧？所以你们并不明白，真正爱一个人是一种什么样的感觉。你全部的心思只在这一个人身上，他爱着的东西你也会爱，他喜欢的人你也会喜欢，即使之前你有多么讨厌那个人，甚至他喜欢吃胡萝卜和芹菜，现在在我的食谱里只有这两种菜。家里人都认为我是疯了，因为我爱上了辈分比我大一辈的叔叔，可是我觉得我是正常的，我没有做错什么事，我只是正好喜欢这个人而已。家里人说是为了帮我治病，就让老何娶了我，从那以后，我就是他名正言顺的妻子了。”

何晶盯着江成的眼睛问：“江队长，你知道为什么这么多年，我们都没有要孩子吗？”

江成在心里试想了无数种可能性，患有医学上不适合生育的疾病，为了下一代的健康，都有可能，可是没等江成回答，何晶就深深叹了一口气说：“因为，我们只是名义上的夫妻。”

只是名义上的夫妻？江成瞬间明白过来了。她口中的老何无论如何都接受不了何晶成为自己的妻子，所以只给了何晶名分，给不了她想要的爱。

何晶叹了一口气说：“当年老何读书的时候，在学校里认识了一个女孩子，后来也是因为我们之间的事情，那个女孩子得了抑郁症，甚至一度要寻死，只是不知道发生了什么，她莫名其妙就跟一个生物学家结婚了，而且精神状况也变好了。老何很痛苦，可是我却无能为力，直到老何走了这几年，我才渐渐明白过来，我其实一直卑微地生活在所谓的爱里，也许是我一直错了，我当初不应该用这样的爱情绑住他的一生，让他死了都带着遗憾。”

三人都认真听着何晶的述说，也许是太过震惊，三人的思维一直没有跟上何晶说话的节奏。

江成清了清嗓子，指着窗外问：“那尊佛像是怎么一回事？”

何晶的目光顿时有了一种宠溺的味道，看着佛像，却突然说了一句："何宝是个听话的好孩子。"

钱欣看着江成有点不明所以的眼神，凑到他耳边说："估计她说的是她们家那只阿拉斯加呢。"

江成明白了，仔细听着何晶说下去："那年，老何被人算计了，工程合同出了问题，工程赔了钱，他本以为用钱就能应付过去的，没想到，老何派去验收工程的人也被买通，虽然工程质量并不过关，可是仍然签署了验收文件，老何当时可以说是腹背受敌，但是奥多西小镇和奥多兰庄园是老何的心血，里面的设计老何都亲自参与的，你知道吗？他本就是建筑专业毕业的大学生，要不是因为已经成为老板了，老何现在仍然会在设计院里当设计师的。"

顿了一下，何晶又说："当时，银行突然拒绝了老何的贷款请求，说是老何的不诚信经营引起了市里的重视。"何晶叹了口气，看着江成的目光中多了一些说不清楚的味道，"老何当时心灰意冷，一直念叨着'如果他失踪了，一切都会变得简单起来的'，所以我只能按照他的愿望把他放在那里，让他一直守护着这个他最钟爱的设计作品。从此，他看着奥多西小镇，我看着他，只是可怜何宝，那么久都没有洗过澡了，不过我也没心情帮它打理了。"

何晶的语气一直很平静，只是当她再一次转眼看着江成时，江成看到她噙着泪水的双眸，不漂亮，却很动人。

江成想说点什么安慰的话，又不知道从何开口，正当他觉得尴尬的时候，手机响了。

江成在一边接听完电话，走过来，握着手机的手却一直在颤抖，看着小陈和钱欣一字一顿地说："苏易，死了。意外坠楼，在他的公司楼下。林广，现在是第一嫌疑人了。”

小陈的眼睛瞬间眯了起来。

听到林广被当做嫌疑人的消息，就连江成也有点待不住了，现在最重要的事情就是赶到现场，调查整个事情。他不相信林广会干这么愚蠢的事情，如果被别有用心的人挖出林广和秦琴的关系，被大肆炒作一番，那么他们就会很被动了。现在，他们还有机会把局面控制住。

江成坐在车上想着心事，却把车开得十分快。小陈咬咬牙挤出一句话：“再怎么也不会关系到林广啊？他跟这件事什么关系都没有的。”

江成心里一沉，冷静地说：“秦琴，其实是林广的前女友。”

这话一说出来，不仅是小陈，连钱欣也感觉到这话里面的分量了。如果说苏易死亡而林广成为第一嫌疑人是遭人陷害，那就说明这个人很了解林广和秦琴的关系，至少说明他们之前就认识，不过这倒也给江成提供了一个新的破案思路。

但如果这个危险的人物是想让舆论的枪口对准警方的话，这就非常麻烦了，因为从秦琴死亡到现在，江成他们完全没有思路怎么去找寻两个案件的线索。不过秦琴、女导游、苏易三人的死亡案全都与一个人扯上了关系，江成想到那双漂亮的眼睛，不觉心中有些发冷。

到了现场，林广正坐在警车上，满眼迷茫的神色，他反复地盯着自己的手，似乎正在思考那是不是自己的双手。

江成走到林广面前，盯着林广的眼睛问：“林广，出什么事情了？”林广抬起头，眼睛似乎已经失去焦距，只是咧嘴冲着江成嘿嘿地笑了起来，他拉过江成，无比亲密地在江成的额头上深深地吻了一下，接着又亲吻了江成的两边脸颊，放开江成之后，又是浅浅地笑了起来，表情竟然和孩童一般纯真。

钱欣正走过来准备看看江成这边的状况，走到林广身边的时候，江成伸手拦住了她，神色黯然：“没有用，他受的刺激太大，估计一时半会儿没办法恢复了。”

钱欣愣住了。小陈收集完现场的资料，也来到江成面前，他还没了解发生了什么事，只是看着林广坐在车上，一拳头就挥了上去：“你小子在这儿坐着挺舒服的，我在那边都快累死了，你也不知道去帮个忙。江队我不敢叫，你小子也好意思在这躲凉快？”小陈说完并没有得到想象中的回应，而钱欣和江成都避开了小陈的眼睛不说话。

钱欣一把抓住小陈的胳膊说：“小陈，林广他已经疯了。”

小陈听完，仔细地看着面前的林广，像是不相信坐在自己面前的是林广一样。过了很久，小陈突然大笑起来，对钱欣说：“钱欣，你可是医生，说话要负责任的，你这又不是拍医疗剧，走出来就对我说，对不起，我们已经尽力了。引起医患纠纷你可是要负责的。”

小陈模仿的语气惟妙惟肖，在江成和钱欣听来却无比难受。小陈笑着，眼泪却毫无征兆地流淌了下来。突然之间，小陈抱住林广，呜呜地大声哭了起来。

江成知道，这两个孩子感情很好，他俩原本就是警校的同学，毕业之后又成为同事，只是由于分属不同科，见面不多而已。

小陈一边哭一边断断续续地说：“林广，你这什么心理素质啊？王胖子白教你了，你是个警察啊！你这样子我也不要做警察了。”

小陈放开林广，看着江成郑重地说："江队，我不想让他进精神病院，我要辞职陪着他，一直等到他好起来。"

或许小陈也是知道林广不可能一天两天就好起来，所以才选择说辞职而不是普通的请假。

钱欣深深叹了一口气恨铁不成钢地说："小陈，不是我说你，这种情况下，你能不能不要再添乱了？第一，我们不会送他去精神病院；第二，他需要做一个具体的精神检查；第三，他很可能是知道了什么事情，精神方面用疯来逃避。"

小陈有点不明白钱欣的意思，疑惑地问："你的意思是，林广他是装疯？"

钱欣摇摇头："不是这个意思，我觉得有点类似于选择性失忆这种现象，因为人类的心理防御机制决定了这点。很多人在面对自己以前经历过的，让自己觉得耻辱、羞愧这些强大感情刺激事情的时候，会在脑海中假想出一些事情来欺骗自己，假装这些事没有发生，选择性忘记这些事。但是，很麻烦的是，心理阴影仍然在，所以遇到相同的刺激的事情，可能打击就会很大，以至于精神完全失控。"

小陈点点头："我明白了。那现在怎么办？"

钱欣看向江成，征求着他的意见："为了防止他有伤人的过激举动，先在局里监视居住吧。小陈，你去他家帮他拿一点换洗的衣服。这段时间你的压力很大的，不仅要破案，还要负责照顾林广，你的任务就是要让他配合我们的治疗，他是苏易死亡的第一见证人，所以治好他是非常有必要的。"

江成算是默认了。

小陈不知道怎么表达自己的谢意，半天终于憋出来了一句：“谢谢江队！”江成深吸一口气，看着面前的大楼说：“但是我们首先要知道在林广身上发生了什么事。”

江成看着面前高耸的大楼，大门像一只等待猎物的捕猎者，江成的心里居然泛起了一丝丝的恐惧和寒冷，它已经吞掉了年轻的林广和苏易，不知道这个庞然大物接下来的目标是谁呢？

江成慢慢走近大楼，原本看起来气派的高楼对江成来说此刻只像是一只等待猎物送上门的巨型怪兽，等待着吞噬掉一条又一条鲜活的生命。

尽管电梯里提示楼层的女声轻柔而悦耳，但江成的内心泛起了一种莫名其妙的不协调感，慢慢地，这种感觉蔓延到了皮肤的表面，形成了手臂上一道又一道暴突的青筋。

江成的内心不由得生出一股愤怒的气息，迄今为止，已经接连发生了几起案件：秦琴死了，一个女导游死了，林广疯了，正当他们以为可以找到一点曙光的时候，和这件事有关的苏易也死了。江成只觉得自己和同事们陷入到一场未知的劫难里，只是这场劫难绕成了一个巨大的迷宫，还不知道用多久才能找到牵引他们走出迷宫的线头。

正在胡思乱想中，电梯到达了苏易办公室所在的楼层。

典型的写字楼办公室，这是这个办公室群给江成的第一感觉，只用五个字就可以形容：普通、格式化。

苏易刚刚坠楼而亡，他的同事们都聚集在窗户边谈论着，有人看到江成三人，提示着旁边的同事，轻声说：“警察来了。”所有人立即噤声，整个办公室立刻安静下来。

江成看到大家面面相觑，想到苏易坠楼肯定是大家未来几天的头版头条，这个时候说什么保持冷静、相信警方一类的话都无济于事，不如直接切入主题。

江成清了一下嗓子，问："请问一下，最后见到苏易的是哪位同志？我们想了解一下情况。"

人群中一个戴眼镜的瘦弱青年站了出来，战战兢兢地说："我。"

江成示意他到外面的休息区详谈，瘦弱的男青年点点头同意了，看着身后好奇的同事们，他有点紧张似乎又有点兴奋地跟着江成出去了。

休息室里，江成看着他介绍说："你好，我是本市公安局刑警一大队的队长，江成。你别紧张，我们都希望尽快破案，所以希望你配合我们，将信息尽可能详细地告诉我们。"

男青年刚才的紧张一扫而光，滔滔不绝地说起来："我叫杨周，因为我爸姓杨，我妈姓周，所以他们就特别节省地把我的名字用他们的姓组合起来。听说苏经理老婆死了，还是结婚那天，我妈说这样的男人克老婆，到底是不是真的啊？还有，今天早上来了个警察，进来就找苏经理，还问他，什么秦……"

江成忍住心里的厌恶提示说："秦琴。"杨周点点头："对，就是这个名字。问他，秦琴死了是不是跟他有关，苏经理就说没有，然后两个人在办公室就吵起来了，过了一会儿，那个警察急急忙忙就走了，然后苏经理就跳楼了。我觉得啊，肯定是那个警察逼迫苏经理跳楼的。那个人就是警察里的败类，杀人犯！"

小陈在一边握紧了拳头。钱欣握了一下小陈的手，用眼神示意他冷静。

杨周还准备喋喋不休地说他的推理，江成打断他，伸出手礼貌地说了一句：“谢谢您的配合！您提供的信息对我们很有用。”

杨周委屈地闭上了嘴巴。正准备走的时候，杨周又转头问：“那个警察你们有没有抓起来啊？我觉得他很有问题，听他说的那话，我觉得他跟苏经理的老婆肯定有关系。”

小陈没忍住心里的怒气狠狠地说了一句：“他已经疯了，你还希望怎么样？”

杨周惊讶地张大了嘴巴，但是眼神里流露出了窃喜。

江成心里一沉，在这个舆论开放的时代，事情恐怕会向着越来越无法控制的方向发展。小陈刚才的话确实鲁莽了一些，不过从心底说，这也确实是人之常情。

钱欣只能在一边唉声叹气。

果不其然，当天本市论坛上就出现了相关帖子，添油加醋地将这件事描述了一遍，将林广和秦琴以及苏易之间的爱恨情仇说得十分不堪，插足等一系列词汇都出现在帖子中，而帖子的浏览量居然在短短的一个小时之内就飙升到一万多。

江成现在也只有唉声叹气的份了，明天早上第一个电话里应该就会是他们的卢局长暴跳如雷的吼叫声了。

不过不管怎么样，案子还是要尽快地破。

江成把所有被放在物证袋里的物证在桌子上一字展开，因为苏易的手机已经在苏易坠楼的时候摔坏。为了防止漏掉什么重要信息，江成让小陈拿了一部手机，把苏易的手机卡装了进去，等待着来电，从下午到晚上也确实来了几个电话，但是都是苏易工作上接触的人，知道苏易坠楼已死的消息之后都很震惊，不痛不痒地说了两句后就挂了电话，江成也暂时没得到比较重要的信息。

江成准备去休息一会儿，就把电话交给小陈，虽然他知道一般后半夜不会有什么电话来的。

走到专程为林广腾出的居住办公室里，江成看到小陈正在细心地给林广换衣服。林广仍然一脸傻笑，他现在就如同一个不谙世事的孩童一般，没有任何的分辨能力。当林广抱住小陈的头并亲了一口的时候，小陈的眼泪瞬间就流淌了下来。

江成背过身去擦了一下眼睛，在战斗第一线，时常会遇到各种难以捉摸的事情，各种想象不到的意外也时有发生，如果可以，江成甚至希望这些孩子没有选择现在的职业。

江成把手机递给小陈，简单交代了一下，准备去稍微休息一会儿。

刚踏出门，手机响了，发出声响的却并不是林广或者小陈的手机，而正是江成递给小陈的那一只——苏易的手机。

小陈眼疾手快，立马拿了起来。来电显示上却是让大家都心惊肉跳的两个字：秦琴！

小陈的手在发抖，江成强压着心里的疑惑按下了接听键。

# 第五章　一波又起

江成颤抖地按下了接听键，电话那头传来一个阴冷的声音，让江成头皮直发麻。那个声音慵懒地说着：“爱人，我的爱人，我渴望的爱人，我们终于在一起了。”可是亲昵的话语里却带着一种深深的怨念，那种语气带来的不寒而栗的感觉渐渐蔓延到了江成的全身。

江成放下电话，一脸惊愕。

小陈看着江成，江成的眼神里是从未有过的凝重。小陈问：“江队，怎么了？”江成简短地回答：“是一个女人打过来的电话，看来这次我们遇到一个厉害的对手了。”

小陈的声音是止不住地颤抖：“真的是秦琴，可她不是已经死了吗？”江成苦笑了一下说：“你能确定电话那边的人一定是秦琴吗？”

江成顿了一下又说：“不过很奇怪的是，这个打电话的人到底是出于什么样的心态？是为了替秦琴报仇还是想向我们进行挑衅？对方是不是已经猜到如果苏易死亡，手机就会被作为证物落在我们手上，这个时候打电话给我们无异于告诉我们她对于苏易的死亡是早已经预料到的？你说对方对这些发生的情况到底了解到了一个什么样的地步？”

小陈看着已经快抓狂的江成，思考了一下，说：“江队，会不会真的是秦琴回来了？”

江成狠狠地白了一眼小陈，说：“我觉得有几种可能：一是对方确实是跟案子有关联的人；第二纯粹是看到了论坛上的帖子而恶作剧的。不管怎么样，明天一早，你去技术部那边调查一下这个电话的拨出地址，精确对方的具体位置，这样我们可以方便地找到她，不管是哪一种情况，我们都得弄清楚对方到底是什么目的，虽然我觉得希望不是很大。”

小陈点点头，看了一眼仍然痴傻笑着的林广，心里有种忍不住的酸楚在蔓延，悲剧如果能停止下来，该多好。

可是这些悲剧不过只是一切的开端而已。

小陈转过身继续帮林广换衣服。江成看了一眼小陈，这个孩子像极了多年前的跟好友分别的自己。江成在内心叹了一口气，什么话都没说，走了。现在不是悲伤的时候，他有更重要的事情要去做。

夜凉如水，江成把车开到许子凌的楼下，现在跟几起案件最相关的一个人就是她了，可是江成并没有想好怎么跟她去说出这件事，不是害怕苏易的死亡让她难过，而是江成跟这个女人在岳飞图这件事上打过交道就发现了，此刻不说说不定是一个最好的选择。

反正苏易死亡的事情很快她就会知道了。

江成摸了摸口袋里的烟，刚想拿出来，又放了回去。江成不爱抽烟，但是每当觉得难受的时候，就会选择用烟来排解一下自己烦闷的心情。

现在的江成正处于这种状态。这些案件的线索都集中指向许子凌，但是上次接触过之后，江成并没有从许子凌那里得到什么有用的信息。现在的江成不能轻易地去直接调查她，否则如果真有什么遗漏的线索或者证据被她毁掉了，那这几个案子真的成无头案了。不过从现在的状况来看，也不一定会很顺利地破案。

正准备驱车离开，看到那尊大佛像，心里似乎有一种疙瘩没解开的感觉，摇摇头想甩掉这种感觉，发现何宝正从大佛像后面慢悠悠地走到大佛像的前面，抬头看了大佛像一眼，趴了下来。

江成心里一动，拔了车钥匙，走到何宝的身边蹲下来摸摸它的头。江成听钱欣说过，这种体型较大的狗的个性与它的外表截然相反，外表凶悍，但个性十分温顺，对人也很友好。

何宝并没有激烈地反抗这个不是主人的男人的抚摸，只是抬头看了一下江成，接着又趴了下去。江成看着原本应该光滑柔顺的狗毛现在肮脏凌乱地纠结在一起，心里有一种说不出的难受滋味。

没一会儿，江成还是上车离开了。前方是未知，也是凶险，只是身为刑警，这是江成没有办法避免也避免不了的。

许子凌坐在阳台上看星星，虽然由于天气的原因，星星并不是很多，但是站在自家阳台上能看到几颗闪烁的星星也让许子凌的心情大好，她给自己倒了一杯红酒，向着天空敬了一下，懒洋洋地说："该还的总是要还的。"调皮地笑了一下，躺在躺椅上，闭上了眼睛。

这是一个无论对于江成还是许子凌都不算安宁的夜晚，同样不安宁的还有陪在林广身边的小陈。

第二天一早，江成就来到办公室了，果然不出所料，小陈告诉江成，号码显示为秦琴的号码是一个网络电话，物理地址没办法查出来。江成有点疑问："既然是网络电话，为什么会显示是秦琴的名字呢？按理说，这种网络电话号码应该都是随机的吧？"

小陈把从技术部那里得到的知识现学现卖："跟之前一些诈骗电话使用的方式一样，使用设备改变了自己的拨出号码，然后打到苏易的手机上，于是在苏易的手机上显示的号码就是秦琴。"

江成斟酌了一下说："那也就是说，我们现在根本无法确定打这个电话的人到底是为了什么，难道就是为了单纯地装神弄鬼？"

小陈说："江队，会不会是这样？这个人也许是秦琴的朋友，她了解秦琴和苏易之间的事情，也就是说，她了解他们之间的关系其实并没有看起来那样甜蜜和和谐，或许是苏易之前做过对不起秦琴的事情，于是当那个打电话的人知道秦琴死了之后，就想用这样装神弄鬼的方式对苏易进行心理攻击，让他心理崩溃，而且她并不知道其实苏易已经坠楼了。"

江成探究着看了小陈一眼，问："如果你的推测是正确的，最可能做这件事的人是谁？"

小陈没有回答江成，他知道江成的意思，就他们目前掌握的线索来看，最有动机做这件事的人其实是林广。

小陈有点懊恼自己给自己挖了一个坑："江队，我知道你的意思，但是昨天晚上林广一直在局里，而且你看他现在的状况，他根本没有机会也没有可能做这件事，再说了，当时接这个电话的时候我们不都在林广的身边吗？"

江成打断急急忙忙想解释的小陈："我知道，我没有说这件事是林广做的，我只是说他有做这件事的动机，或许我们可以顺着动机这个线索去找，看看能不能通过这个线索来找出这个案件的相关人。"

小陈随手用笔记了下来，皱了一下眉头说："江队，感情这事吧，真说不好，说不定是哪个喜欢秦琴的男生买一个变声器然后做出这么惊人的举动，但是万一那个人从来没有表白过呢，只是默默喜欢，这我们就不好查了。"

江成点点头说："刚才我也考虑到这个方面了，毕竟我们现在也没什么头绪，先查一下，适可而止，浪费太多警力在这个方面也不划算，还是要从多个方面来查找，多一点线索，这个案子破获的机会就越大。"

说完，像想起来什么一样，说："对了，小陈，你去安排两个兄弟调查一下，当时在博物馆死亡的那个女导游，跟这几起案子里面出现的人物有没有什么关联点，如果能查到，说不定能查到一些蛛丝马迹。"

江成交代完这些事，小陈就转身离开了。回头看了一眼越来越远的江成办公室，小陈拿出自己的另外一个手机，悄悄按下了挂断键……

江成看了一下时间，现在是上午九点，一直忙着，都忘记了吃早饭。现在正好去许子凌所在的工作单位——兰山市文物研究所古籍研究与保护中心，顺便在研究所门口吃个早饭。

到了地方，江成把车靠边停下，饥肠辘辘的他叫了一碗牛肉面，大快朵颐起来。

面馆前方五十米处就是兰山市文物研究所，在众多气派的写字大楼中间文物研究所显得有点寒酸。楼层不过只有五层，虽然翻新过一次，但是泥土色的外观让整个建筑物感觉起来老气横秋，门口只是简单地用老式的牌子表明这是兰山市文物研究所，不过说起来这个研究所倒是兰山市历史最悠久的单位之一了。

兰山市地处黄河流域，也是中华文明的发源地，这个地方有多少古老的文明谁也说不清楚，在老人们的口中都流传着这样哄小孩儿的歌谣："兰山东，黄河水，保佑娃娃睡香甜；兰山北，大山美，保佑福气从此来；兰山西，有宝藏，保佑以后不会厌。"

在兰山当地话中，厌是等于烦恼的意思。江成从小也是听着这个歌谣长大的，他以前也很奇怪，在这首歌谣中，兰山市的东、北、西三个方位都提到了，却独独没有提到兰山南。后来问过奶奶，奶奶说是时间太久了，歌谣的最后一句没有流传下来而已。

吃完以后，江成跟传达室师傅说明了一下来意，就进了文物研究所，不知道是不是因为历史比较悠久而且研究所人比较少的原因，整个研究所特别安静。不过除非有文物被发掘出来引起轰动，一般来说这个地方还是会比较安静的吧，毕竟除了工作人员，来这里办事情的应该不多。

细细打量研究所的环境，发现整个研究所都透露出一种文雅的气氛。由于建筑物是前苏联设计建造，所以即使翻新过，房屋仍然延续了前苏联的风格。

在研究楼的正前方有一座石雕，石雕是一匹龙头马身的骏马，还长着翅膀。外地的人看到这座石雕可能不太了解，但是作为江成这个在这里长大的人来说，非常熟悉。对兰山市的所有孩子来说，这都是个耳熟能详的传说。

传说中，黄河有怪物出没，生活在黄河边的兰山人民因为每年被黄河水吞没良田而烦恼，后来老天可怜兰山人民，派了他的一个孩子来帮助兰山人民。他化身成龙头马身长着翅膀的骏马去跟怪物战斗，结果自然是十分顺利，怪物被消灭，兰山人民得救，从此以后兰山人民就把他看作兰山的守护神了。为了纪念这个天神的儿子，兰山市不少地方都有他大战怪物的化身雕像。作为文物研究所，石雕放在这个地方也不算是特别突兀。

正准备进去，许子凌却走了出来，见到江成的时候，微微一笑。即便见过不少漂亮的女孩，江成都不得不感叹许子凌的出尘脱俗。化了淡妆的许子凌有一种妖娆的美丽，但没化妆的她其实更为清丽可人。

可是，没有摆脱江成对于她的怀疑，所以现在她的美丽在江成的心里是打了折扣的。许子凌看着江成，没有说话，只是嘴角含着笑，看看骏马然后悠悠地开口说："这么巧，江警官？我刚才顺路下来就看到了你，你是想知道关于这匹骏马的故事吗？"江成摇摇头："我小时候就听说过这个传说了，因为它是兰山市的守护神。"

许子凌轻笑一声说："不过你听的只是传说的前半段，其实这个故事还有后半段。"江成饶有兴致地看着她。

这个时候的江成，眼镜后面的眼神不是犀利，而有了一种很温和的感觉。

许子凌见过很多很多的眼神，戏谑的、调戏的、无聊的，但是江成这样的眼神让她从内心觉得很舒服，于是她回报一个可爱的微笑说："传说中这匹骏马是天神的儿子，你已经知道了吧？"江成点点头。

许子凌伸出手摸了摸骏马，继续说：“这个天上下凡的男神十分俊美，让兰山的女子都为之倾倒。可是他喜欢了一个相貌丑陋的女子，当然我觉得应该是传说中有人故意丑化了那个女子。不过他的喜欢引起了其他女子的嫉妒，在这些女子中有一个富家女子，因嫉妒心太强，决心从巫婆手里购买回心转意药，想让守护神爱上自己，却没有想到，被一个爱慕这个富家女子的男人调换了药，守护神因为食用毒药而死去。虽然死去之后天神救活了他，但是由于吃下去的东西是自己的妻子做给自己的，误以为是自己的妻子毒害自己，守护神十分伤心和生气，不愿意再回到自己的妻子身边。他的妻子既自责又伤心，只能跳了黄河自杀。但由于守护神妻子的灵魂实在太悲伤，入不了三界，只能没有记忆地游荡在人间。守护神知道事情的原委之后，无比难过，后悔自己的所作所为，后来身体自愿化成石像陪伴死去的妻子尸体，而元神则一直陪伴着妻子的灵魂，不曾离开。”

江成唏嘘了一下，感叹着说：“这后半段传说我从来没有听说过，不过真的是个很感人的爱情故事。”许子凌没有否认，继续说：“守护神化成石像前曾立下重誓，若这个地方有他的石雕化为粉末，就说明他妻子的灵魂得到解脱，那时他便原谅下毒的人。”

许子凌没有看江成，抬头又看了一下骏马石雕，停顿了一会儿说：“木秀于林，风必摧之。”许子凌大大的眼睛里是无限的悲伤，江成甚至都感觉是自己看错了，因为不过转瞬间，许子凌又恢复了刚才那样调皮的笑容邀请着江成：“说了这么多，江警官肯定已经渴了吧？不如去我的办公室，喝点水，再聊聊？”

江成抬头看了一下，指着四楼的一间办公室，问：“那里是许小姐的办公室吧？”许子凌点点头，假装不悦地说：“你还是不要叫我许小姐了，听起来不舒服，还是直接叫我许子凌吧。”江成只能点点头。

踏进主楼的时候，江成闷声闷气地说：“害你费心了，还特地下来跟我说这个故事。”许子凌歪着头看着他，眼睛闪亮亮的。

江成说了下去：“据我所知，很多文物不能受到包括照相机在内的强光照射，因为会发生毁坏，比如一些出土文物表面油彩遇到强光就会分解，所以在文物研究所工作，拉着窗帘防止光线照射应该是非常必要的吧？而唯一只有那个办公室的窗帘没有拉，所以你之前应该是看到我过来才特地下来的，不是你说的顺路。”

许子凌笑了起来，没有否认：“江警官观察力果然敏锐，不过这很有可能是我希望江队长能请我喝杯咖啡故意不拉起来的呢。另外告诉你一个秘密，我的办公室里没有文物。”

江成不习惯女孩的大方，有点拘束地说：“那我等你下班请你吃午饭吧。”许子凌眨眨眼睛，同意了。

大楼里时不时能碰到几个许子凌的同事，都是跟许子凌一样，穿着白色的大褂。不一样的是，大家都行色匆匆，见到许子凌的时候微笑一下作为打招呼的方式。

许子凌用指纹打开门锁，江成有点惊叹，虽然这个研究楼从外面看起来不是那么先进，但是实际上很多设备都已经算是比较高端的了。

许子凌的办公室看起来不是很像文物研究所的办公室，倒是很像生化研究所的办公室，因为到处都是各种仪器和瓶瓶罐罐。在靠近左边墙壁的一排架子的第一层放着几本书，第二层是一些文物或者说是模型，不过上面还粘着一些泥土，第三层是一些五颜六色的试剂，使得整个基调很灰暗的办公室透露出些许亮色。

许子凌把她自己坐的椅子推过来，让江成坐，自己则随意地坐在最近的办公桌上。江成有点不好意思，准备站着。许子凌大大咧咧地说："没事，我这几乎不会有人来，所以也就只有这一把椅子。"看出江成更不好意思，伸出手一把把他按在座位上，大声笑着说："坐吧，如果以后你常来的话，我应该会向所里再申请一把椅子。"江成没有想到，这个看似柔弱的姑娘手劲这么大，刚才那按他的一把手劲几乎能跟长年锻炼的男人匹敌。

江成终于开口说了正题："苏易死了。"许子凌一瞬间愣了一下，不过瞬间恢复了正常，不自然地笑着说："那江警官今天来找我的意思是什么？带我回公安局吗？可是您有逮捕证吗？您找到苏易死亡时我的在场证明和我的杀人动机了吗？"许子凌虽然是微笑着说着这几句话，但是句句话里都是森森的寒意，咄咄逼人。

江成摇摇头，说："不是，许子凌，我只是，只是……"江成突然不知道该怎么接下去，只能用很公事公办的语气说，"我只是来找你了解一点情况。"

许子凌的眼神突然变得很凌厉，几乎是咬牙切齿地说："好，我必定全力配合你。"江成吞了一下口水，无奈地说："这样吧，中午我等你下班请你吃饭，顺便聊聊。你现在离下班时间还早吧，那我先回单位里，等你下了班我再来找你。"

正准备离开，许子凌叫住他："江警官，我建议你没事的时候可以研究研究那几幅画，毕竟是文物，虽然是赝品，但是价值也是不可估量的。”然后当着江成的面嘭的一声关上办公室的门。

江成心里有点懊恼，回想着自己说话是不是哪里有点过分了，以至于引起她那么大的反感。好在中午许子凌答应吃饭，这样自己起码有机会可以解释一下。

许子凌知道其实江成并没有错，是自己的情绪完全失控了，她也不明白自己怎么会这样，但是她的内心滋生出无比的愤怒与悲伤。看着江成走出研究所的大门，许子凌拨通了一个电话，电话那头传来一个温和的声音：“小凌，怎么了？”

听到这个温和的声音，许子凌的眼泪已经不争气地流了下来，她哽咽着回答着：“我没事……”

# 第六章 残酷的杀戮

兰山市第二中学。“先帝创业未半而中道崩殂，今天下三分，益州疲弊，此诚危急存亡之秋也。然侍卫之臣不懈于内，忠志之士忘身于外者，盖追先帝之殊遇，欲报之于陛下也。诚宜开张圣听，以光先帝遗德，恢弘志士之气，不宜妄自菲薄，引喻失义，以塞忠谏之路也……”

江成刚走进校园，就听见不知道是哪个高中班级正在齐声朗读《出师表》。听到这个声音，江成的心里莫名其妙地就有一股暖流在流动，高中的时候江成因为背不下来这篇课文，总是被罚站，以至于现在当了警察，看到以前的高中语文老师还是有一种想躲的冲动。

这个学校同样也是江成的母校，正值初秋时节，已经退去燥热的天气不禁让人觉得很舒服，校园里郁郁葱葱的树木配上孩子们的朗读声，让人突然生出无限的希望。

江成拐了个弯，走上教学楼，到二楼一间办公室门口，敲了敲门。里面敲击键盘的声音没有停下，却传出来一声浑厚的声音“进来”。

里面坐着的一个老师转过头，一看到江成就大笑起来，走上前拍拍江成的肩膀：“江警官，你可是有一段时间没来过我这儿了啊。怎么着，今天你放假吗？”

江成挑挑眉不客气地说：“你知道的，我来找你，肯定有事。”老师撇撇嘴：“你哪次来找我不是带着目的来的呢？下次你能不能只是为了单纯地请我吃饭来找我？”江成也不客气地回了一句：“我尽量。”

这老师名叫范庆舒，和江成从初中到大学一直是同学，这家伙不仅观察力十分敏锐，并且学识也很丰富，即使当时给他们上课的出了名的挑剔老师都说他是不可多得的人才。

可是在毕业实习完之后范庆舒却说自己不想当一个警察，于是婉拒了系主任的大力推荐，偷偷去了隔壁的师范学院招聘会上应聘，却没想到歪打正着，顺利地成为了兰山二中的历史老师。但是江成有时候对案子有些理不清头绪的时候，还是会习惯性地找范庆舒讨论讨论案情。

范庆舒开门见山地问：“这次又是遇到什么棘手的案子了？”江成把案子大致情况跟范庆舒说了。范庆舒一边听一边在手中的本子上记录，这是范庆舒自从大学时候就养成的习惯，记录下来一些重点以便于让自己更快捷、更清晰地理清思路。

看着范庆舒记录的样子，江成有时候会恍惚觉得还是在大学，他们还是并肩作战的好伙伴，只是可惜实习之后范庆舒就对实习时候的事情缄口不言，谁也不知道到底发生了什么事。

江成知道，范庆舒如果不说自然是有他的理由，刨根问底非君子所为，所以江成也就很自觉地当做什么事都没有发生。

不过有一件事江成觉得很奇怪，当初范庆舒在大学时期谈过恋爱，而且女朋友就是隔壁师范大学的，江成当初一直以为范庆舒是为了那个女孩子放弃了自己热爱的工作，选择了稳定的教师工作。因为江成能从范庆舒平常对案件的热爱看出来范庆舒其实很热爱警察的工作。

江成一直坚信，他们会在都当老师之后安定下来，然后普通地结婚，生子，成为一对普通的夫妻。可是事情不是这样，那个女孩应聘进了兰山一中就和范庆舒分手了，两人从那之后再也没有交集，而范庆舒也就单身至今了。

江成其实有点为范庆舒鸣不平，为爱放弃理想不是所有的人都能做得到，做到了却又被迫放弃了爱，这样有点得不偿失的感觉。

江成问过范庆舒，范庆舒只是很淡然地笑着说："因为太喜欢一个人，所以不管她做什么，都会学着去理解。"

这是唯一一次江成从如此木讷的范庆舒口中听到这么浪漫的话。可是江成想，如果换作是自己的话，也许真的没法做到这么超脱。

或许也是因为自己并没有尝过爱情的滋味吧，平常自己的工作那么忙碌，很多女孩一听说他是刑警也打了退堂鼓，毕竟这样的工作不能长时间陪伴自己的爱人，还有着一定的危险，对这样的工作充满崇拜和真正与从事这样工作的人走进这样的生活是两码事。

终于，范庆舒抬起头满脸笑容地看着江成，每次一看到这个笑容，江成都觉得很开心，因为即使没有解出这个案子，范庆舒的这个笑容也代表案情有了重大的进展。

却没有想到，范庆舒却说：“对不起，江成，我真的一点眉目都没有，这个案子，你找错人了。”

江成的心突然就一下子空落下去，本来是想找范庆舒帮自己理清一下思路的，可是现在没理清思路，反而变得越来越迷糊。江成的脸上没有表现出任何的不乐意，只是假装大气地说：“说什么对不起，咱俩都哥们儿这么久了，再说了，你长期不在一线，技能退化了也是正常的事嘛。”

范庆舒没有反驳江成，只说：“江成，中午在我们学校食堂吃吧，吃饭的时候我们再讨论讨论，说不定有点其他的不一样的进展吧。”

江成点点头，既然没有得到想要的帮助，那就当是和老同学叙叙旧吧，偶尔放开思绪也是一个不错的选择。没想到，本来说好吃饭的时候谈论谈论案情的事情，范庆舒却一直和江成回忆高中时代的趣事，两个大男人跟周围的学生们一样笑得毫无拘束。范庆舒刻意避开了任何大学时代的事情，江成心知肚明，也就没有再提。

刚吃完饭，江成收到一条信息，发件人是许子凌，信息中只有两个字：“骗子！”江成大吃一惊，才想起来答应许子凌中午请她吃饭的，可是忙着来找范庆舒，他居然把这事给忘记了！江成心里盘算着待会儿该怎么跟许子凌道歉，一边跟范庆舒简短说了一下原因，跳起来就走。

范庆舒点点头，温和地对江成摆摆手。盯着江成离开的身影，范庆舒心里有一种说不出来的惆怅。

若是这个事情结束了，他们可能再也不能成为朋友了吧。以后，像在大学里那样一起吃着烤串、喝着啤酒应该就是奢望了吧。范庆舒想着，从口袋里拿出刚才记录重点的那张纸，狠狠地撕得粉碎，扔进垃圾桶之后，大踏步地走出食堂。

江成急赶着去研究所，但是一路遇到红灯。好不容易赶到研究所门口，时间却距离跟许子凌约定好的时间整整迟了一个半小时。江成站在研究所门口，着急地打电话。而离着研究所门口不远的一个咖啡店里，许子凌紧紧握着手中的手机，不知道在想什么，电话一直在响，但是许子凌没有接。

她其实已经看到了江成，但是也只是瞥了一眼，就开始想着自己的事情。面前的热咖啡早就冷掉了，可是许子凌还是一口未动。

许子凌闭上眼，思绪飘得很远：笑声、尖叫、哭泣、咒骂交织在一起，模糊的人脸和清晰的物件，不知不觉，眼睛已经有发酸的感觉了。再回过神，准备起身，却发现面前的冷咖啡已经被换成一杯热气腾腾的牛奶了。江成，正坐在对面喝茶。

看到江成，许子凌并不意外，只是很淡然地问："你猜到我没走？"江成摇摇头。江成以为许子凌会继续问下去，却没想到许子凌只是轻轻点了一下头并没有继续说下去。

两个人都没说话，气氛有点尴尬。许子凌换了一个话题先开口："你为什么把我的咖啡换成牛奶了？"江成低沉着声音说："钱法医说过，经常喝咖啡对女孩子不好，很伤害身体。"说这话的时候，江成居然有了点微微的脸红。许子凌内心有点想笑，却没表现出来，很认真地点点头："好的，我记住了。"

她低头看了看掌心短得出奇的生命线掌纹，算命大师说她活不过三十五岁的话一直在脑子里回响。许子凌生出悲哀，不知道自己还剩多长时间去解决这件事呢？如果不是身上背负的东西太多，自己能不能，能不能有机会去真正爱上一个人呢？

沉默着坐了好一会儿，许子凌叫来服务生，正准备结账，对着江成甜甜一笑：“江警官，你还欠我一顿饭呢？”江成嗯了一下，觉得没表达完善，又补了一句，“我记住了。”

许子凌看了看手表：“我也快到上班时间了，中午饭没吃成，那就改成晚饭吧。”江成表示抱歉：“实在对不起，因为案子的事情我也忙昏头了。晚上我一定过来。”

许子凌微笑一下表示再见。

江成看着许子凌离开的背影，却没有想到只是和许子凌吃一顿饭的事情，竟然如此艰难。

下午的时间，整个刑警队都很忙，小陈又去了一趟苏易的公司，看看在他的公司内部有没有会导致他从高楼跳下的原因。

钱欣本来下午事情并不多，叫来两个以前医学院的同学（现在是医院的医生）帮忙带林广去医院做一次全面检查，研究看看有没有什么能让林广快速恢复的办法。江成交代过，林广是见到苏易死亡的现场之后才发疯的，他的恢复对案情的突破肯定有巨大的帮助。

江成从办公室出来的时候，正好看到钱欣一脸凝重地送走两个穿着白大褂的男生，一边走一边点头说着什么。

一直到他们走出门，钱欣都是一脸严肃的表情，钱欣对着他们走远的方向挥挥手，心事重重地向办公室的方向走去。

江成拍了一下钱欣。钱欣大惊，看到是江成才回过神说：“怎么了，江队？”江成问：“不是我怎么了，而是你怎么了，这么没精打采的，是发生什么事了吗？”

钱欣点点头，苦笑了一下说：“我今天和我大学同学带着林广一起去了医院，做了精神学诊断。后来是他们两个帮我把林广送回来的，不然估计你现在看到的我是挂彩了的。”

听到钱欣的话，江成有点担心，恨恨地说：“这浑小子，是误伤到你了吗？”钱欣点点头又摇摇头，迟疑了一下说：“算吧，不过也没有……我只是担心林广，他的状态不是很乐观。”

钱欣作为法医，见惯了各种血腥的场景和支离破碎的尸体，能让平素冷静如斯的钱欣语无伦次，江成的心都揪起来了，问：“那检查结果到底是怎么个不乐观法？”

钱欣皱着眉头想了一会儿才说：“是这样，之前我们一直忙，也没有注意到林广的状态。今天去医院的时候，我以为林广会很配合，不知道怎么回事，他看到一个护士的时候突然就开始往角落里爬，一边爬一边瑟瑟发抖，感觉他很恐惧的样子，然后突然之间，就疯了一样，要打我，我根本拉不住他，好在这时候我同学也过来了，帮我拉住他，这才没受伤，我没想到他现在已经具有攻击性了。后来，我同学和我带他去做检查，发现他脑部有点淤血，而且正在压迫视神经，我同学的建议是尽快做手术。”

钱欣自责地说了一句：“其实也怪我们，之前根本不知道在苏易跳楼的办公楼里到底发生了什么，我们当时只以为林广是被吓成这样，但是没想到他自己也受伤了。”说完之后，用有点疑惑的语气问了一下，“江队，你确定那天我们见到林广的时候，他身上没有受任何外伤吗？”

江成仔细地回忆了一下，肯定地说：“我确定，当时他身上确实没有外伤，不然以小陈那个个性，肯定立马要带他去医院，怎么还可能在那儿问东问西呢？”

钱欣点点头，什么话也没说，揉揉太阳穴，疲惫地说：“江队，我先回办公室了，有什么事给我打电话，我就在办公室里。”

看着钱欣回办公室的身影，江成突然觉得有点心疼这个姑娘。本来这些事情不属于她分内的事，她只要做好法医的工作就好了，可是为了帮助江成，她一直在做很多本来不需要自己做的事。

江成果断转身出门，买了一些钱欣平常爱吃的零食，打算送到钱欣的办公室。刚进去，就看到钱欣捂着腰部的位置跪在地上喘粗气，眼泪止不住往下滴。江成大吃一惊，立马跑到钱欣身边，看看钱欣哪儿受伤了。

钱欣的手心里有血，很新鲜，而且还在不断往下滴，办公室的地面上已经形成了一小摊血迹了。江成正要打 120，钱欣却拉住他的衣服不让他打，上气不接下气地说：“江队，我自己也是医生，我能搞好，相信我！”江成蓄积着身上的力气，一把把钱欣扛起来，就冲出了办公室。看到来往盯着他看的同事，吼了一句：“别看了，快点送钱法医去医院！”

钱欣身上的力气在慢慢减弱，放松下来。虽然她知道自己其实只是很轻微的皮外伤，但是作为法医专业的女生，展现在别人面前的永远是一个女汉子的形象。

突然被一个人这样对待，无论是谁，都会想示弱一下的吧。江成也感觉到了扛在肩上的钱欣的变化，把动作变轻了。

江成虽然看起来很瘦，但是毕竟是警校出身，体能包括破案能力等各方面都是队里的拔尖，扛着钱欣也不觉得吃力。只是此刻，平时遇事再怎么平静的江成都没法冷静下来，好在同事们立刻把车开了过来，江成将扛在肩上的钱欣放下来，小心翼翼地把她放在后排座上，本来想坐在副驾驶上，想想觉得不妥，坐在钱欣身边，把她的头放在自己的腿上，催促着同事赶快开车。

钱欣皮肤很白，不知道是不是因为手掌上的血蹭到脸上去了的缘故，她的脸色是绯红的。

在整个刑警队里，钱欣绝对是个一等一的美女，她的眼睛很大，只不过这个时候的她闭着眼睛，只能看到她长长的眼睫毛在脸上投下的阴影。他没有钱欣医学知识那么丰富，但是害怕她睡着不利于恢复，于是一直跟钱欣说着话，但是说了两句又不知道继续什么样的话题，只能说说以前在警校的时候老师跟他们说过的一些案件。

钱欣偷偷把眼睛睁开一点点，看到江成的表情，像极了一个绞尽脑汁编谎话要糖果的孩子，很想笑，但是腰部的疼痛让她只能想一些别的事情来转移注意力减轻疼痛。

钱欣告诉江成，其实她也不明白刚才的自己为什么再一次去看林广，也许不仅仅是出于同事之情，更是出于一个医生对于病人的爱心。出现场那么多次，林广和大家都是一直并肩作战，可是看到林广现在的状态，无论是谁，都会心生怜惜。可是没想到，自己给林广检查完之后，林广突然恶狠狠地用头撞向钱欣的腰部，他的力气太大，以至于钱欣立刻摔倒，摔倒之后又不知道被什么锐器一下子划到，这下子不仅仅是腰部上受到撞击形成的内伤，也出现了外伤。

但是，钱欣知道，这件事不能给别人知道，本来让林广在局里被监视居住就是自己提出来的，也是因为小陈不愿意他的好兄弟被送进精神病院，如果像今天这样的伤人行为被大家知道之后，那么即使再不愿意，林广应该都要被送进精神病院了。

钱欣很善良，她不希望出现这样的情况，好在她去看林广并没有人知道，所以她只能尽力掩饰着自己身上的伤，赶快回到自己的办公室，但是腰部的疼痛却越来越厉害，钱欣想打电话给江成都没有力气。却没想到江成来找钱欣，意外发现了这件事。

车开得很快，江成联系上了钱欣以前的同学，一个是骨科医生顾路，另外一个是内科医生夏胜。两人刚刚才和钱欣商量完关于林广的治疗方案，却没想到这么快就在医院见到钱欣，只不过不一样的是钱欣躺在急救床上。

看到钱欣，顾路和夏胜的表情都有点惊讶。相对于夏胜，顾路可能是平常跟钱欣开玩笑更多一点，虽然很担忧，但是看着急救床上的钱欣，还是努力凑出一个玩笑的语气："钱法医，这是怎么回事啊？你这是没尸体解剖了所以自己解剖自己玩儿吗？"钱欣努力睁开眼睛，想白眼一下他，可是这白眼看起来倒像是小女生的撒娇。

顾路没有得到想象中的反驳，这个平常风风火火的姑娘这么虚弱，可能不像看她说的只是受了一点皮外伤那样乐观。问了江成之后，他指挥着两个护士："快！急救室，先清理伤口上的血块，检查一下有没有其他伤口，等会儿送钱法医去做一下检查，尽快！我跟夏胜还有这个什么警官先去医生办公室，等会儿就过去。快点！要是把钱法医耽误了我们可担待不起的，这女人很凶悍的。"

顾路长得很秀气，说话的语气里带着一种很戏谑的感觉，江成不喜欢这样的男生，总觉得他的身上缺少了一些男孩子的阳刚之气。不过，看大家面对他的时候笑容比面对夏胜的笑容多得多，江成猜想，这个顾路倒是应该比夏胜更受女孩子欢迎的。

钱欣做透视的片子很快就拍好了，护士拿给顾路之后，就出去了。顾路和夏胜看了一下，嘀嘀咕咕说了一点什么，几乎都是专业术语，而且几乎都是顾路在说，夏胜偶尔在旁边点点头表示同意。

对于这些医学知识，江成也听不太懂。研究了一小会儿，顾路跟江成说："那个，我还不知道您怎么称呼？"江成正准备回答，顾路就自顾自地说下去，"是这样，小欣呢，大腿腿骨有点骨裂，看起来像是斗殴形成的，体表的伤没有多严重，就是普通的划伤，虽然伤口不算小，不过恢复几天就好了。另外，估计她是撞到什么东西，有点轻微脑震荡，也是小问题。她这腿伤估计要休息一段时间了。"

顾路快速地说完这一大段，江成也大致听明白了钱欣目前的状况：骨裂、划伤、轻微脑震荡。顾路说完了，有点阴阳怪气地说："我说这位警官，你们法医怎么不但要解剖尸体，还要跟别人打架啊？"

看着江成一脸凝重，夏胜终于开口了："警官，不用担心，钱欣跟我们同学好几年，她在这里，您不用担心的，我和顾路会尽最大的能力照顾她的，本来这也应该是我们的分内之事。"

江成若有所思地说了一句拜托，就离开了。走之前他特地去看了一下钱欣，她正在病房里睡觉，受伤的腿被固定着，脸上还有泪痕没擦干净。江成张了张嘴，想说什么，结果还是闭上了嘴坐了下来。

其实钱欣并没有睡着，她只是闭着眼睛，她知道是江成，但是她没有说话，她也不知道怎么去面对他，刚才的他那么着急，可是自己却骗了他……

# 第七章 面对真相的人们

江成看钱欣似乎是睡了，于是静悄悄地离开。只是他并不知道，这个女孩子其实一直凝望着他离开的背影，只不过是默默地在心里凝望着他。

江成回到局里，去了林广现在居住的地方。林广正在睡觉，满脸很安稳的表情。江成本来想叫醒他，却忍不下心，只能在房间里转悠。仔细看了一圈，却在凳子的边角处发现了一点血迹，他尽量放轻动作，把血迹抠下来，放在随身携带的证物袋里。

真没想到这个东西能用在自己的同事之间，江成心里苦笑了一下。正准备走的时候，江成瞥见桌脚边有一点亮晶晶的东西，他用手捏了一点起来，拿出另外一个证物袋，放了进去。江成的心里突然有了一个奇怪的猜测，回头发现林广还在睡觉，轻悄悄地把门带上，走了出去，而躺在床上的林广却突然睁开眼睛。

江成把两样东西交到法医室检测，结果不出所料，那块干掉的血迹并不是和一开始所想那样是钱欣的，而是林广的；而亮晶晶的粉末则是镜子的粉末。

江成正准备出门，正好看到小陈从外面往局里走。江成一把拉住小陈的领子，把他拖进办公室。

进了办公室，小陈揉了一下脖子，有点惊讶地问：“江队，发生什么事了，您对我发这么大火？”

江成先没说钱欣受伤的事情，只是问：“你调查出来什么结果了没？”小陈笑嘻嘻地点点头：“确实有收获，那个女导游死的那天，我查博物馆的监控记录，就是在馆长让大家都离开的时候，有一个人逆着大家离开的方向顺着拐角处往博物馆里面走。虽然他刻意想避开摄像头，但是摄像头还是有一部分照到了背影，从身高、走路姿势，还有衣服等特征和这起案子里的相关人员进行比对，可以大致确定是苏易。”

江成赞赏地笑了：“小陈，没想到这么快就查到了这么重要的线索。对了，小陈，你记不记得那天我们去苏易公司楼下见到林广的时候？你确信那天，林广的身上没有任何外伤吗？”

江成用那种穿透的目光紧紧盯着小陈的眼睛，小陈有点不自在，讪讪地笑着说：“当然啊，我估计也就那天受到了刺激，所以变成这样的，他是我最好的哥们儿，我还能害他不成？”

江成点点头，接着补充了一句：“小陈，钱欣今天受伤了，攻击者是林广。”

小陈的脸上是难以置信的表情，断断续续地说：“怎么可能？不可能会发生的啊……”还没说完就转身冲出门去。

江成知道小陈将要去找林广，不过他并没有阻止，有些事情最好还是让这些孩子自己选择一个最稳妥的解决方式，他相信小陈会办好。

江成看了看窗外，天有暗下来的迹象了。江成正想着会是谁打电话给苏易说出那句话，冷不丁收到信息：晚餐，洛冰湖旋转餐厅，5 楼 A6 座，六点。发信人是许子凌。

江成这才记起来他还约了许子凌吃晚饭，差点把这事给忘记了，如果再像中午那样忘记了，估计许子凌这下子会暴跳如雷吧。

江成不习惯迟到，把手头上的事情处理好就立刻赶到了许子凌说的地点。

洛冰湖餐厅是兰山市比较出名的一家餐厅，当然不仅仅是因为它的优美环境，还有与之匹配的超高价格。兰山市之前是一块很小的行政区域，后来向省级行政部门申请之后，省级行政部门将周边几块零散的区域一并合并成为新的兰山市，兰山市又将城市边缘不远处的一块原本就有的天然湖修葺了一下，取了一个极有古典意味的名字——洛冰湖。

可惜后来因为没有足够的财力进行维护，洛冰湖和周围的环境也就逐渐荒芜。再一次让人提起洛冰湖，就是洛冰湖旋转餐厅的落成了。

整个洛冰湖餐厅都是坐落在水中，据说当时餐厅的开发商花了大价钱请了几个知名设计院过来对这个餐厅进行设计。从湖水中伸出一个巨大的平台，而整个餐厅的主体都在这个大平台之上，据说在水面之下也有一小部分，不过很少有人去过，江成也就不知道这个说法的真假了。

建筑物整体呈现出来的是一个巨大的花朵，在整个建筑物的外围，投影形成了若隐若现的花瓣，这样，主体建筑物就成了花蕊，在夜色的掩映下，光与影让这个餐厅成为了夜色里最耀眼的明珠。

整个建筑物的外墙全是透明的玻璃，楼层总共有七层，每一层都使用了不同颜色的玻璃，让整个洛冰湖餐厅看起来就像是一个巨大的彩虹。

连接着湖岸边和水上餐厅的也是一座玻璃桥，玻璃桥下的洛冰湖中，布置着一些浮动的小灯，摇曳的灯光显得整个玻璃桥更加神秘与美丽。

投射在水面上的彩色灯光与建筑物的玻璃外墙相互辉映，更显得建筑物晶莹剔透，而这朵巨大的花正在尽情地展现着它的风姿。有句话说，建筑是凝固的艺术，本来江成对此并没有多少的认同，他只觉得现在写字楼办公室都是水泥森林，把所有人都禁锢在一起，可是当他真正见到这种让人惊叹的建筑物的时候，却由衷地从内心生出一种佩服的感觉。

走过玻璃桥，进了大厅，立马就有服务生问："您好，欢迎光临！请问，您是订餐还是已经有约的？"江成点点头，说："5楼A6座，预约人应该是姓许的一位小姐。"查看完毕后，服务生微笑着指着电梯："先生，那边请！"

江成走进电梯，电梯铺着红地毯，电梯里三面都是镜子，镜子里映出来一个头发有点凌乱，还有眼眶下因为睡眠不足产生的一圈不太深的黑眼圈的男人。不过即使是这样，镜子里的那个人仍然神采奕奕，架在鼻梁上的眼镜掩不住从眼睛里透露出的犀利的目光，瘦削的肩膀挺立着，坚挺的五官让不穿制服的江成多了一种从容的气质。

本来江成以为电梯会类似于很多大型商场一样是透明的观光电梯，但是可能是因为外部是透明的玻璃幕墙的原因，所以电梯并没有使用透明的电梯这种方式。电梯上升的速度很快却很稳，乘坐电梯的人没有很强烈的失重感，这让江成对这个餐厅又多了两分好感。

出了电梯，江成远远就看到了坐在座位上的许子凌。电梯口的服务生递上湿巾，示意江成擦手。江成胡乱擦了一下，随口说了一句谢谢，就向着许子凌那个方向走过去。

许子凌的背影很漂亮，可能不像是很多写字楼里的上班族一样天天坐在电脑前面工作，所以许子凌坐着的时候上半身很挺拔，没有一点点驼背。她的头发很长，今天的她把头发放了下来，不像平素见她那样是简单地扎起来，黑色的长发像一匹黑色的缎子轻柔地搭在肩膀上，还有几缕头发不听话地滑落到前面，让人忍不住想帮她弄好。江成向着她的方向慢慢走过去，可她正专心地搅动着杯中的液体，并没有注意到江成已经过来了。

江成走近了才发现，许子凌今天穿了一袭无袖的湖绿色的裙子，裙摆恰到好处的长度和淡色的裙子把她修长的腿和白皙的胳膊衬得越发修长和白皙。

江成走到她身边，突然有一种很想撩一下她长发的想法，因为这个女孩，给了江成一种完全看不透的感觉。正当江成要伸出手，突然一个激灵，责怪自己不知道在胡思乱想什么。

江成在许子凌对面坐下来，对着对面的女孩打了一声招呼。想着心事的许子凌终于抬起头，看到江成，微微一笑。今天的许子凌化了一点淡淡的妆，显得脸色十分红润，嘴唇上一抹淡淡的亮色让她的文静中又带了一抹俏皮的感觉。她的眼睛很大，本来又长又密的睫毛涂了一点睫毛膏，上翘的睫毛让那双含着满满笑意的眼睛无比动人，这样的女孩，不笑的时候是个冰美人，笑起来的时候又让人感觉天上的星星都在为她眨眼。

许子凌看了看手腕上的表，微笑着打趣江成："今天晚上，江队长还是迟了十分钟呀。"江成满脸歉意："实在对不起！因为在门口欣赏了一下这个餐厅，觉得很漂亮，有点入迷，一下子忘记了时间。"

许子凌眼睛亮晶晶的，问："真的吗？要不要我跟你说说这个建筑物的来历？"江成来了兴趣："许小姐对这个还有研究？"

许子凌没有接话，反而问："江队长知不知道《洛神赋》和《洛神赋图》的故事？"江成点点头："这个我在中学时期应该都有学习过，《洛神赋》应该是曹植的作品，而《洛神赋图》的作者顾恺之应该是根据《洛神赋》的基本故事而画的。"

许子凌赞赏地点点头："不错不错。"接着轻轻念着："其形也，翩若惊鸿，婉若游龙，荣曜秋菊，华茂春松。髣髴兮若轻云之蔽月，飘飖兮若流风之回雪。远而望之，皎若太阳升朝霞。迫而察之，灼若芙蕖出渌波。秾纤得衷，修短合度。肩若削成，腰如约素。延颈秀项，皓质呈露，芳泽无加，铅华弗御。"吟完这一段，突然感慨了一句，"这样的洛神，真的很美。"

江成被许子凌好听的声音带入了那个时代，似乎能看到风姿绰约的洛神对着他微笑，心中一念，问："为什么跟我说这个？"许子凌神色黯淡地说："传闻中，《洛神赋》作者曹植心中的洛神其实是他的嫂子文昭甄皇后，碍于礼节，不能相爱而已。究其原因，不过都是爱上了不该爱的人而已。"

江成不知道怎么接下话题，只好问：“你是研究历史的人，怎么会突然这样想？”许子凌笑了一下：“就是因为研究历史，才会对沉重的历史感触颇深，我们没有办法亲自回到过去，只能结合史书和文物当中去推测那些发生过的事，但是谁说书中记载的史实就一定是真实的历史呢？有时候我甚至觉得，那些野史的记载说不定才是真实。你说对不对，江警官？”江成不置可否。

许子凌歪着头盯了他一会儿，问：“你有点心不在焉的，你是有心事吗？江警官？”江成没有去问也不想去问她是怎么看出来的。

从下午到现在发生了这么多事，他的心中一直有一种难受的感觉在膨胀。作为一个警察，他之前忽略了很多摆在眼前的事情。而这些事情现在却慢慢串成一条线，完整地浮现了出来，可是他却下不了狠心去戳穿，他问自己，真的还有必要去保护一些被隐瞒的事情吗？

之前他一直告诉自己不可能是真的，不可能是真的，但是当证据都摆在眼前，还有什么理由拒绝去相信？

去掉所有的不可能，剩下的即使再不可能，那也是真相，范庆舒以前很喜欢跟自己说这句话，这是他的偶像说的话，他一直当做座右铭。

江成的喉结上下翻动，然后无奈地点点头，苦笑了一下，说：“我最信任的兄弟骗了我，其实当然也怪我自己，之前忽略了一条重要的线索，我虽然知道他骗我的原因是什么，但是我不能原谅他做的事，我觉得无论如何，他应该对得起心中的真相，而不是把真相拖到越来越无法解决的地步，让事情的发展越来越糟糕。更让我觉得无法理解的是，另外一个人，她同样也知道真相，却还帮助他们做出一些假象，我真不明白她为什么要选择去保护这两个浑蛋而选择伤害自己？她明明可以直接把事情说出来的，唉……”

江成用一句长长的叹气结束了自己的话语。

许子凌听完江成这段没头没脑的话，没有仔细问也没有回答，却开始岔开话题说：“我们去研究历史的时候，去看那些史书的记载，总是发现，历史似乎比我们想象的要更美好，你说为什么呢？”江成诚实地回答了许子凌：“不知道。”

许子凌笑了，笑得很甜，说：“那是因为人们在记载的时候美化了真相，江警官，真相和历史一样，都是很残酷的，要让人们接受它其实并不容易，而有些人，希望我们接受不管是历史还是真相的时候可以更容易，或者说是更愿意去接受。所以他们帮我们去面对那些残酷的东西，而选择让我们看到美好的那一面，这样的话，他们会心安。所以，你明白了吗？”

她的眼睛真漂亮，这是江成心里的想法，他虽然明白许子凌说出的这些道理，但是他同样明白一件事，他是一个警察，面对残酷的真相不仅是他的权利，更是他不可推卸的责任与义务。他本来想闭嘴，却还是艰难地脱口而出：“可是，这是我的义务。”

许子凌没有再劝说他，面前的这个男人从骨子里透露出来的倔强让人心生佩服，不过这么倔强，这个男人应该会很累吧？

两个人聊天的过程中，服务员早已经把许子凌点好的餐送了上来。可能是平时工作养成的习惯吧，江成吃东西的速度很快，一份海鲜焗饭被他风卷残云地吃掉了。

许子凌忽然有点想笑，但是只是看着他吃完却并没有动自己面前的餐点。等江成吃完了，抬起头，才发现许子凌笑意盈盈地望着他。江成抱歉地说：“对不起，工作中养成的习惯，让许小姐笑话了。”许子凌摇摇头，仍然笑得很欢：“没事，你是饿坏了吧，要不要我再帮你叫一份？”江成摇摇头拒绝了她：“谢谢！足够了。”

其实现在他的心里更关心的是躺在医院里的那个傻姑娘，他也迫不及待地想问问那两个浑小子，把一切事情问清楚。

吃完饭江成正准备结账的时候，却被服务生告知许子凌已经付过了餐费。江成有点不好意思，又不知道怎么表达，只好揉了揉头发，却把自己本来就有点凌乱的头发揉得更加凌乱。许子凌见状笑了：“江警官要是觉得不好意思的话，我下次可以要求你再请我吃一次饭吗？”江成只能点点头。

许子凌看了看洛冰湖餐厅外面那轮漂亮的月亮，说：“谢谢你今天能抽空陪我吃顿饭！吃饭就看你心神不宁的样子，你去解决你的事情吧，不用送我回家了。”江成点点头，低声说了一句“谢谢”。

正准备离开，许子凌大声叫住江成，说：“这个建筑物的来历其实我还没有告诉你呢，这样吧，给你留个悬念，下次见面的时候我再告诉你。”

江成回想了一下，确实关于洛冰湖餐厅许子凌刚才只是说到《洛神赋》和《洛神赋图》，并没有提及洛冰湖餐厅的其他建筑历史。江成赞同许子凌的想法说：“好，那下次我请你，地点随便你定。”

许子凌笑着摆摆手，站在玻璃桥上，看着江成离开的背影，心里突然有点失落的感觉。等他走远了，回头看着流光璀璨的洛冰湖餐厅，淡淡地自言自语了一句：“秘密，还有保持的必要吗？”

医院，钱欣住的病房。躺在床上的女孩闭着双眼，窗外的医院路灯灯光照进了病房，不过这灯光一点都不刺眼，淡淡的黄色反而给人很舒服的感觉。女孩子翻个身，换了另外一个睡姿，继续安静地睡着。不过她一直蹙着眉头，似乎做着一个并不太好的梦。

门轻轻地被推开，一个人影在病床边坐了下来。也许是因为职业敏感，躺在床上的女孩子立即睁开眼睛。看到来人，她啊了一下，却被那个人的大手捂住嘴巴。人影在钱欣耳边说了一些什么，很快就离开了，剩下钱欣浑身止不住地发抖……

江成在钱欣的床边坐下来，手里拿着一个洗好的苹果。看到钱欣睁开大眼睛，歉意地笑笑："对不起，是不是我过来吵醒你了？"钱欣勉强挤出一个笑容，说："没有的事，我本来就没睡着。对了江队，你来找我有什么事吗？"接着调皮地笑笑，"不会找我来让我帮你做鉴定吧？我现在可是病号，也走不了。"

江成看向钱欣的眼色很复杂，有不舍，有怜惜，还有无奈。他把苹果递给钱欣，决定还是单刀直入，于是说："钱欣，林广和小陈的事你知道多久了？"钱欣有点惊讶，想了想，还是承认了："江队，对不起！不该瞒你。"江成叹口气："傻丫头，你瞒的不是我，是真相啊！现在已经发生了三起恶性案件，甚至案件已经牵扯到我们自己的伙伴了。你是法医，即使其中有自己的伙伴，你也不能感情用事。你要做的就是让真相尽快地被知道，要知道再残忍、再血淋淋那都是真相，我们是警察，有义务去面对这些东西！"

钱欣低着头，不敢反驳他，因为他说的都在理。但是，钱欣不仅仅是为了保护林广和小陈，同样她认为她也是为了保护江成。

江成看着钱欣的眼睛，说了下去："一开始我并没有觉得奇怪，但是我一直想不通的是，到底是什么能让一个训练有素、心理素质那么强的警察吓成这样？他跟秦琴谈过恋爱，即使是我们在秦家看到秦琴的尸体，我相信没有什么会比这样的刺激还大，可是当时的他也是很好地履行了一个警察的职责。我更愿意相信他是因为职责在身而不是因为冷血，所以即便看到曾经的恋人的尸体穿着婚纱躺在自己面前的时候不为所动。一直到林广在局里被监视居住我都没有怀疑任何事情，可是今天你去找林广时受伤了，从医院回去以后，我就再一次去了林广的房间。我在那里发现了一点点亮晶晶的粉末，还有桌脚干掉的血迹，那些粉末和干掉的血迹我已经让别的法医帮我检测过了，粉末是镜子的碎末，那些血迹我本来以为会是你的，但是没想到是林广的。”

钱欣沉默了，江成看着钱欣，口气逐渐软化了下来：“林广住的房间本来就是局里为了防止嫌疑犯自杀而特别设计的，我们当时也是为了防范他出现伤人和自伤的行为才让他住那儿，他的房间怎么可能会有镜子？”

江成竖起了手指：“只有一个解释，在他攻击你的时候，你为了保护自己，于是把你随身携带的小镜子打碎，防止他伤害你。而那些血迹都已经干掉好几天了，况且你使用了碎掉的镜子，不大可能再用桌脚去打他。所以最合理的说法就是，那个桌脚上的血迹是别人使用桌脚打击他造成的。除了小陈，谁能有这么多的机会去做这件事？而且今天早上你跟我提到说林广的头部有淤血，我一开始就想可能是硬物的打击形成的，后来才确定是小陈做的这件事。你身上的伤，我确实没想到是你自己划出来的，因为你跟我描述的过程中，你提到了你的伤口碰到了墙，可是整个墙面都很干净，确实没有血迹，所以我只能猜测是你自己回到办公室划的。在整个事件中，我只有一点不明白，他和林广是这么多年的好友，他怎么能下得去手？”

钱欣侧躺在床上，眼泪一滴滴渗进床单中。她不断地擦，不断地流，可是眼泪总是流不尽。江成伸出手，想帮她擦一下，可是又觉得不妥，所以尴尬地停在半空，又快速地缩了回来。钱欣看着江成，下定了决心说：“江队，其实……林广得病已经很久了……”

江成很震惊地啊了一声，他没有想到是这样。他把自己挪了一个位置，很耐心地听着钱欣说下去……

# 第八章 他、她的秘密

爱情本就是这个世界上最难以捉摸的事物，被爱情这根线牵着的两个人更是变化无端。当相爱的人分开的时候，断裂的红线不知是否也会撕心裂肺。

林广和秦琴很相爱，相爱到什么程度呢？他们就是校园里最标准的模范情侣。没有吵过架，没有因为任何事不开心过，两个人只是低调而开心地谈着恋爱。高考的时候，两个人没有因为谈恋爱而影响到自己的成绩，反而都考得很好，可是不知道什么原因，秦琴在大三那年突然对林广说了分手。

林广当时正在警校，这个打击对于他似乎是特别大。用小陈的说法，那段时间的林广几乎不吃不喝，上课也不去，辅导员气得都要开除他。可是仅仅过了一个星期之后，林广就恢复了正常状态，但这恢复不是由于任何人的劝说，而是自愈。

作为好兄弟的小陈自然特别开心，觉得林广终于能走出这个感情的圈，自由自在地做一个好警察。小陈并没有发现林广有特殊的变化，但是林广的变化也许从那个时候已经开始了，只是那时候小陈并没有发现任何异常而已。

在剩余的大学时间里，小陈从林广的身上看到的唯一变化就是林广越来越成熟，专业素质越来越高。小陈为他的改变从心里开心，直到两人被分到兰山市公安局一年以后。平常的忙碌让两个小伙子几乎没有时间像以前一样一起喝酒、吃烤串，所以当那天林广邀请小陈去自己家喝酒吃烤串的时候小陈还是有点惊讶的。

喝酒的时候，林广掩不住的开心，告诉小陈，秦琴决定重新和自己在一起。可是他听说秦琴当时已经有男朋友了，所以小陈开始担心秦琴不过是因为某些自我的目的想回头找林广帮忙，并不是真心地想回到林广的身边。

可是面对林广这难得的开心，小陈的话说不出口。事实证明，小陈的想法是对的，秦琴没有过多久就又离开了林广，而林广精神上受的刺激已经足以让他崩溃。

与大学时候不吃不喝躺在床上不一样的是，这次的他开始有了点抑郁症的迹象。好在林广的发作并不明显，所以这件事只有细心的小陈发现了，但是在这次案件调查过程中与林广接触后，作为医生的钱欣敏感地发现了林广的不正常，只是她不敢确定，在小陈的百般哀求之下，钱欣决定替小陈隐瞒这件事。

去许子凌家的那天，小陈就收到了林广说想要找苏易聊一聊的信息。

那天在苏易的办公楼下见到林广之前，钱欣已经拜托了自己的医生同学带他去做了精神检查，但是没有想到检查完以后林广的复发性抑郁障碍发作，好在没有很严重地伤到钱欣的同学。

江成不知道的是，秦琴死亡案件发生后到苏易坠楼的这段时间里，小陈一直要求钱欣给林广注射镇静类药水，监视居住以后也注射了几次。至于林广的脑部有淤血，是因为之前林广对小陈施暴，小陈还手导致的。小陈并不想伤害林广，但是情急之下没有办法，具有攻击性的林广是个很危险的人物。

江成明白了："难怪，那天我去了林广的房间才发现林广的手背上有针孔，而且很密集，我当时想到他确实是得病了，你们瞒着我去给他做治疗，注射药水，但是我没有想到的是这个原因。我以为你仅仅是保护那两个浑小子。傻姑娘，你为什么不告诉我真实的原因呢？"

钱欣解释说："江队，你虽然平常很和蔼，但是是真正遇到事的时候绝对是那种眼睛里揉不得沙子的人，如果真的让您知道了这件事，你肯定会为了大局着想而送走林广，但是如果林广真的离开了，那么不仅仅是工作的问题，而是他的一辈子都会毁掉了。小陈不希望出现这样的情况，所以他只能冒险求我帮忙做这件事，只希望能瞒过你吧。"

江成能体会小陈保护林广的心思，但是作为警察，小陈真的考虑事情欠妥。江成有点责怪地问："钱欣，你有没有考虑到一个问题？现在的林广其实就像是一个定时炸弹，你并不知道他什么时候会爆炸。你那天去林广的房间是为了给他注射镇静剂吧，但是你没有想到他会做出过激的攻击你的行为。你有没有想过，如果是其他的同事误闯进去的话，会是什么后果？没有防范的后果会不会更严重？"

钱欣不敢看江成的眼睛，低低地说了一句："江队，小陈刚才来过了，说……林广跑了。”

江成现在恨不得把小陈拎过来教训一顿，这个浑小子，到底什么时候才能不意气用事！

江成着急地问：“这个臭小子还跟你说什么了？”钱欣细声细气地回答江成：“他说，他的错，他要去弥补，等他把林广带回来，一定亲自跟江队您赔罪，到时候不管您怎么责罚他都没意见，只希望江队原谅他。”

江成听完，无奈地叹了口气，安慰钱欣好好休息，就走了。离开之前，钱欣涨红着脸说：“那个，江队，其实，我受的皮外伤其实是因为我用刀切柚子的时候不小心把自己划伤了。”

江成止不住地笑起来，说：“下次想吃的时候叫我，我帮你剥柚子皮。”钱欣对着江成吐了吐舌头。很多事情一旦不再是秘密，就可以放轻松很多，就像是现在这样。可是，钱欣现在唯一担心的是，不知道林广和小陈怎么样了……

同样担忧他们的是江成，两个小伙子，到现在为止，做事情还是那么不计后果，江成埋怨着这两个孩子。

不过说实在的，感情用事对他们来说虽然是大忌，但是谁没有感情用事的时候呢？江成现在的心情很糟糕，怪自己还是发现这个事情太迟，否则，起码自己可以及时阻止现在的一发不可收拾。

到了局里，知道这件事的人不多，他才稍稍定了一下心。问了几个同事，大致了解了情况：大家只是看到林广穿着便服冲出大门，具体方向是哪儿大家并不知道，而小陈知道林广跑出去之后也是急急忙忙地跟着冲了出去。

平素里大家只晓得两人的关系很好，但是并不很了解林广和小陈之间的关系，毕竟不在一个部门，而且平常又忙，谁也没心思去了解那么多的八卦。

江成在心里暗暗庆幸，现在看来大家都不是很了解这件事的原委，也不知道到底发生了多么危险的事，所以江成还有办法阻止事态的进一步恶化。江成在心里祈祷着，现在最主要的就是希望小陈能安安静静地带回林广。但是不知道这两个浑小子能不能……

现在最为焦急的恐怕就是小陈了。当他办完事回到局里的时候就听说林广向着大门口跑出去的事情，但是大家没有过多发现林广跑出去的时候并不是正常状态，大家以为林广只是跟平常一样出去办事，虽然好几天没出现的林广突然一下出现确实让大家有点惊讶。

小陈没有选择开车去找林广，开着车在路上很容易漏过一个人，只要在某一个地方，小陈相信，一定能找到林广，即使花费再多的时间、再多的精力，这也是他必须完成的事情。

小陈告诉自己，他不能眼睁睁地看着自己的好兄弟受伤害，当时在警校的时候两人就说过，无论是谁，只要受伤，另一个就必须挺身而出，这也是他为了完成当初立下的誓言。

小陈相信，如果今天换成是自己处在林广的位置，那么在大街上发了疯一样地寻找他的，也会是林广。手机铃声响了起来，小陈看了一眼来电是钱欣，接通了。钱欣在电话那头劝慰地说："小陈，你先赶快回来吧，江队已经……全部知道了。我想，江队应该不会过重地惩罚你的，我们大家一起帮忙找林广。"

小陈苦笑着说："钱欣，你也是警察啊，难道不知道，我犯了这么重的纪律，那个只认死理的疙瘩还能不处罚我吗？你放心，只要我找到林广，我立马回去，到时候要杀要剐随便他吧。"一声浑厚的声音在旁边略微尴尬地说："你说谁是只认死理的疙瘩？"

小陈很舒心地笑了出来，那个浑厚的声音莫名给了自己安全感："江队，您也在啊。"

他明白，一旦江成这样说话，就代表着他并没有真正意义上的发火，因为他发火的时候说话比这冷静得多得多。他的心里突然觉得有一种暖暖的感觉流过，他坚定地承诺着："江队，您放心，我一定把林广安全地给您带回来！"

江成还是有点不放心："小陈，不管怎么样，一定要注意你自己的人身安全，现在的林广可能会有不符合自己意识的攻击行为，你要避开，以免造成不必要的伤害。这是第一。第二，我给你三天的时间，如果三天之后的下午三点之前你还没有找到林广，一定要及时回局里，我们商量一下其他的解决办法，比如求助派出所。我答应你，尽量不让事态扩大化。"小陈的眼泪一直在眼眶，心口堵着一块什么东西一样，等着江成说完，小陈终于哽咽着点点头："江队放心，我一定办到！"

两边的电话一起挂掉了。如果江成能预料到接下来的事情，也许他就不会答应小陈独自一人去寻找林广吧。

钱欣出院了，其实她的伤没有顾路和夏胜说的那么重，顾路和夏胜受钱欣所托，为了小陈和林广想避开江成一段时间才故意那样说的。

接钱欣出院的时候，顾路和夏胜脸色都有点讪讪的。好在顾路一直都是什么场面都可以很好地解决的那类人。他有点扭捏看着江成，却对着江成说："作为医生和好友，我们必须保证咱们钱大法医的生命健康嘛，所以我们必须把她的病情说重一点，要不然你们可不会那么怜香惜玉呢，你说对不对，钱欣？你看看咱钱欣都瘦成什么样了，你们也不知道管管。我们也就是想让她多住两天，养胖点。”

钱欣一巴掌拍到顾路的脑袋上：“住这么多天，你养我啊？”顾路哎哟了一句，揉揉脑袋：“我可不敢养你这尊大神。养坏了我这不得天天鸡犬不宁的？还有哦，你不是有喜欢的人吗？还用着我养吗？”说完斜着眼不怀好意地看了一眼旁边站着的江成。钱欣不仅打了他一巴掌，顺带踢了他一脚，说：“就你废话最多。”而江成却已经看向了别处。

一旁的夏胜一直看着他们打闹没有说话，不过脸上终于有点温和的颜色了。他走上前来，伸出手跟江成说：“就像很多人不了解医生的工作一样，我们不是你们，所以自然我们也理解不了你们真实的工作状态。但是正是因为有你们，所以我们才能安心地治病救人。你们其实和我们在本质上是一样的，都是救人的，所以我作为一个普通老百姓，也想谢谢你。”

他本来就是那种不苟言笑的人，所以开口说话的时候一板一眼倒也不足为奇。江成握住他的手，说：“感谢理解！”边上的钱欣趁大家不注意的时候对着夏胜翻了一个狠狠的白眼，然后走到两人中间一下子把他们的手打开，拉住江成的衣服大声地说：“江队，我们回去吧。”

和两个好心的医生告别后，江成和钱欣准备离开。挥了挥手，顾路和夏胜也回到了医院大楼里。

坐在车上，江成突然问：“你为什么不喜欢跟夏胜说话？”钱欣估计江成是看到了自己对夏胜翻的白眼，这家伙的眼神那么犀利，有时候压根就想不到他会在无意之间瞥见什么事。

钱欣想了一下回答他："可能是因为夏胜是学生会主席的缘故吧，所以我总觉得他说话的时候很没有人情味，只能说听起来觉得很漂亮的话，但是你再看看顾路，说话虽然很娘娘腔，但是起码我跟他说话的时候不会那么拘束。除非是特别有必要找夏胜，不然平常我才懒得理他。"江成笑了笑，这姑娘的脾气个性分明，喜欢就是喜欢，不喜欢就是不喜欢，不会刻意地去掩饰和伪装。

沉默了一会儿，江成说："也不知道小陈的事情办得怎么样了。"虽然他说话的语气还是那样波澜不惊，但是钱欣可以明显地听出他心里的着急。

钱欣的内心也着急，但是尽量用安慰的话安慰他说："江队，小陈他好歹也是警察，经历过那么多复杂的训练，做事情没有那么鲁莽的。"江成许久才嗯了一声，也没法听出来是认同还是不认同。

江成知道钱欣实际上是在安慰自己，但是他根本没法放心。跟小陈约定的时间已经过去了很久，看着飞逝的时间，江成心里的沉重感也越来越强。江成第一次感受到了对于未知的恐惧。可是这种恐惧会随着时间的增加越来越深，还没有任何办法可以解决。

车开到路口遇上了红灯，江成仍然在分神。钱欣及时地帮他踩了一下刹车，万幸的是没有造成危险。江成终于清醒过来，歉意地对着钱欣笑了笑，钱欣假装没有看到江成的抱歉。

正准备离开的时候，一个女人敲了一下他们的车窗，钱欣把车窗打开。女人的妆化得很浓，江成能闻到一股浓浓的劣质脂粉味，很呛人。她的眼睫毛很长，但是被眼影盖着，根本看不出来任何美感，反而让人无端地生出一丝厌恶。她的眼神里没有任何温情的味道，有的只是一种凶恶的感觉。高挺的鼻梁加上她瘦削的下巴给人的感觉这个女人很刻薄，而她薄薄的嘴唇像是随时会吐出恶毒的词语。江成觉得很不舒服，这个女人看起来并不和善。

钱欣忍住心里的厌恶，尽量礼貌地问："有什么事吗？"女人盛气凌人地说："我的车头蹭到你们的车尾了。"钱欣突然觉得这女人不是那么讨厌，却没有想到接下来的一句话让钱欣的厌恶感迅速增加几倍。女人指责着江成："哪有你们这么刹车的？害得我的车都撞到了，你们知道我的是什么车吗？蹭掉漆了你们赔得起吗？"那张薄薄的嘴唇吐出来的话语处处充满着高傲和不屑，像是钱欣和江成必须深刻道歉她才会放过他们一样。

钱欣本来想道歉，现在却一肚子火气，像一个泼妇一样凶恶地说："怎么着？你蹭到我们的车还得要我们跟你道歉？你考驾照的时候教练没告诉你要保持车距吗？看到红灯你不停下来，蹭到我们车你还有理由了？要不要叫交警过来我们评评理？"

女人终于闭上了嘴，狠狠地盯着钱欣，钱欣毫不怯弱地还击似的盯着女人。最终，女人放弃了，恶狠狠地哼了一声，走开了。

江成没有下车也没有说话，第一，他本就不善于跟女人说话，如果他真的下车跟这个女人理论的话，到时候的情况只能是越来越糟糕。第二，他当时也确实是在想小陈的事情而导致分神，所以从某些方面来说，他们其实是有错在先，所以这个女人对他们的责怪其实不能说是完全没有道理。只不过，她的刻薄让人很讨厌，以钱欣的脾气，遇到这样的女人，能这么不算是暴怒地说完这么多话，江成已经是谢天谢地了。

钱欣关上车窗，白皙的小脸气得通红。江成把矿泉水递给她，钱欣接过来狠狠地喝了一大口，咽下去之后大声骂着：“真是够讨厌的，没见过这样的女人。”江成沉默了一下为真理说了一句：“其实也怪我们，我们有错在先的。”

却没想到，钱欣像一只小狮子一样突然对江成发火：“你还知道是你的错呀！”不过转瞬就咦了一下问，“江队，你有没有觉得刚才那个女人的眼神特别像一个人？”江成摇摇头：“我没有注意。”

以他的想法，在两个女人吵架时，不去陷入这个旋涡中心才是最正确的选择。钱欣琢磨了一下开口说：“他的眼睛很像林广。虽然听起来有点不可思议，但是我就是觉得像。”说完之后自嘲地笑笑，再摆摆头，像是要把这种感觉从脑子里赶走。

江成余光瞟到她的动作，不自觉地微微笑了一下。不管工作多久，钱欣还是像一个孩子一样纯真，就像一个跟随着大哥哥、大姐姐屁股后面的小跟屁虫一样可爱。

钱欣还是自顾自地生着闷气。江成开口说：“你这嘴鼓得都可以当青蛙了。”这是兰山的大人说自家的小孩儿时经常会用的一句话，说气鼓鼓的样子像青蛙，再气就拿针戳肚子，放掉肚子里的气。钱欣听出来江成虽然是硬邦邦的语气，但是这样硬邦邦的语气配上调侃的语气听起来却格外好笑。江成并不是一个适合哄人的男人，这个男人在女孩子的事情上似乎永远是缺了一点什么。

钱欣无奈地表示自己已经不生气了，开始跟江成开起了玩笑。在两人的谈笑声中，不一会儿办公楼就到了。钱欣活泼地跳下车，兴高采烈地跟同事们打着招呼。前天的时候钱欣受伤的事情闹得比较大，看着钱法医现在这样，不少同事都放了一点心。

在这些同事中，也有不少对钱欣有着爱慕之心但没敢表白的，看钱欣回来，都笑着围了上去打听情况。钱欣打了个哈哈，把事情顺带遮掩了过去。不然一群八卦的人把事情添油加醋地说出去造成不好的影响就麻烦了。

钱欣借口这两天不在，有一大堆事情需要自己去做，一溜烟地回到了自己的办公室。江成拔掉车钥匙，也回到了自己的办公室，他现在的事情除了研究那几幅画、调查案件的相关信息之外，就是等着小陈回来了，不，应该说最重要的就是等待小陈了……

# 第九章　许子凌被绑架了

可是小陈真的能平安回来吗？江成逼迫自己尽量向好的方向去想，努力不去想平常自己出警的时候见到的那些可怕的甚至是让人作呕的血腥场景。作为这个行业的一分子，随时都会遇到各种各样的情况，对他们来说，运气其实也是一种很重要的东西。

但是这次小陈不一样，他遇到的情况根本就不明朗，一个已经死亡但是总是萦绕在这个案件各个角落的女人，一个因为被爱情狠狠地耍了一把而现在患上复发性抑郁症，甚至会有偏执型人格出现的警察，一个不知道是敌是友的文物研究人员，这个案件牵扯的人太多，牵扯的背景更多，谁能保证仅仅一个弱小的小陈真的能把好兄弟林广从未知安全地带到已知？生命本就是脆弱的东西，横亘在这么多危险面前的生命更像是刀俎上的鱼肉，随时都有可能被狠狠地切割。

江成无端地想起那个死亡的导游，那幅画里到底有什么魔咒能让一个活生生的人做出那样的行为？说起画，江成想起来，那次从许子凌那里借到的几幅关于岳飞的图自己还没有好好地研究过，这几天都忙昏头了，根本没想到，既然案子在这些画中出现了线索，不管是多微小的线索，对于江成来说，都值得自己去探索。

江成展开九幅图中的第一幅图《天将入人间》，不得不说，即使是仿的名家之画，这画作的作者水平也真的很高，就算是江成这种对画作基本上没什么研究和欣赏水平的人都会从画作的细腻度给出一个极高的评价。

如果正如许子凌提到过的，画作上面的金色并不是金色的颜料，而是真正的金子的话，那么这几幅图所拥有的价值就不仅仅是单单的文物艺术品的价值，而是加上了不少其他的附加价值。如果真的被认定为文物的话，价值不可估量。

不过江成突然想到当时许子凌介绍画作时说过的一句话："他不过是一个穷人，对于别人给他的东西他有什么资格进行选择呢？"许子凌的话也就说明，这个画作的作者应该是个对作画十分痴迷的人，当然也是十分擅长作画的人。但是在当时那个"朱门酒肉臭，路有冻死骨"的时代，作者买不起作画需要的材料，所以即使画作的作者知道这个富人给予自己的纸张以及颜料等东西并不符合自己的需求，但是为了可以坚持自己的梦想，甚至说可以为了自己的画风可以流传下去，不得不选择用并不适合画水墨画的生宣来进行作画，因为那是他唯一的选择。

所以江成在心里基本上可以推断出这个画家的大致情况：男性，有没有后代情况不明，名气不算太大，但是因为其高超的画技被某个富人知道，富人赠其作画材料要求画家画了这些画，画完之后一直流传至今，对富人来说需要留下的秘密就保存在这些画中，对这个画家来说，也满足了作画的心愿。毕竟，他的画作流传至今。

跟博物馆那幅图一样，《天将入人间》这幅画上同样也有一首诗，不同于之前的那首，这首诗读起来不是那么押韵，但是十分通俗易懂：天界有天将，入我人间来。九月一朝落，人世享太平。

在这首诗里面几乎没有任何隐藏的信息，就是简单描述了一下岳飞的出世，唯一让江成有点迷糊的是九月这个地方，胎儿的孕育周期是九个半月，所以流传至今的说法是“怀胎十月”，但是这个地方用了九月确实有点让人匪夷所思。

而且根据江成最近恶补的历史知识知道，如果这个地方的九月指的是岳飞的出生日期，也不太对。岳飞的出生月份是二月，并不是上面说的九月。看来，这个九月倒是有点值得推敲的味道。江成在自己的笔记本上记录下来这首诗，用笔在九月的位置重重地划了一下，做了一个标记。

正准备接着看第二幅图，翻找了半天却没有看到第二幅图，习惯性地随口叫了一句“小陈”，想起来小陈现在正在找寻林广的路上，斟酌了一下，还是决定先打电话问问小陈的事，拿出手机才发现因为没有电手机已经自动关机，赶忙给手机充上电。

刚开机，就接到一个电话，是一段留言的录音电话。江成担心是小陈的，赶忙接听，没想到传来一个很悦耳的女声：“江警官，你还记得我借给你的几幅图吗？那个时代虽然风雨飘摇，但是不得不承认，那确实是一个人才辈出的年代。特别是那个时代的君主，文采斐然，让人嫉妒，宋徽宗与宋钦宗是那个时代最伟大的文化传播者，父子二人在文学以及绘画方面的才能更是被人津津乐道，你说对吗？图中人物流传至今的诗作更能体现出他们生活的优渥，而我现在的状态也比他们更好，当然，我很希望你来找我，我在最美丽的花心。”

江成听完这莫名其妙的一段话，沉思着看了一会儿手中的画，拿起外套就往外奔跑，甚至都没有注意到钱欣对他打招呼。钱欣看着他奔跑的身影，撇着嘴说了一句“莫名其妙”，自顾自地回到办公室了。一直回到办公室坐定才想起来，刚才是去找他有事的。

可是江成现在的心思全在许子凌身上。他不知道许子凌是在什么情况之下说的这些话，但是他知道许子凌说的话的意思。这些画里的人是岳飞，岳飞最著名的诗作应该就是《满江红·怒发冲冠》了（更准确地说应该是《满江红·与祝允哲述怀》）：

怒发冲冠，想当日，身亲行列。
实能是、南征北战，军声激烈。
百里山河归掌握，一统士卒捣巢穴。
莫等闲，白了少年头，励臣节。
靖康耻，犹未雪；臣子恨，何时灭？
驾长车踏破，金城门阙。
本欲饥餐胡虏肉，常怀渴饮匈奴血。
偕君行，依旧奠家邦，解郁结。

而诗作当中提到的靖康之耻对于所有学过中国历史的学生来说应该都是个耳熟能详的历史事件吧。

宋徽宗和宋钦宗父子被俘，是宋朝的奇耻大辱。而许子凌说到他们生活优渥，这就有点不符合常理了，本来是生活优渥的二人被俘之后，还能称得上是生活优渥吗？所以许子凌提到“自己现在的状态也比他们更好”指的就不应该是优渥，而是和二人一样，只不过现在不叫被俘，而是叫绑架！许子凌的意思是她被绑架了，但是地点呢？绑架总是有地点的，许子凌的留言中并没有说明自己被绑架的地点到底在哪里。

江成仔细回想一下许子凌的话：“我在最美丽的花心……”突然想起来，洛冰湖餐厅！那个花型建筑物！如果是这样的话，她在这个花型建筑物的中心，那是不是就是那个传闻中并不对外开放的水下部分？

确认了自己的想法，江成也没有打电话过去，这样的状态之下，打电话是多余的。如果真的如自己所想，许子凌已经处于被绑架的状态下，电话可能会惊到绑架犯，狗急跳墙，他选择撕票或者将许子凌进行转移这就无法预料了，只是绑架犯绑架许子凌总得有一个目的，在留言中江成压根就没有听出来这个绑架犯到底想要什么。

管不了那么多了，现在的江成只希望时间还来得及，他有点怨恨自己为什么不看看手机，一直到现在才发现这件事，如果许子凌真的被绑架而因为自己没有接收到信息错过了救她，他都不知道该怎么骂自己了。

胡思乱想了一路，车终于在洛冰湖餐厅门口停下，和那天晚上见到的洛冰湖餐厅不一样，白天的洛冰湖由于没有灯光的映射，显得平淡无奇，果然有些美丽真的只适合黑夜。没有光影投射的花瓣，显示出餐厅只是一个普通的建筑物，只不过造型相对那些正正方方的建筑物来说要漂亮一点而已。

这时候的江成站在那座玻璃桥上盯着建筑物，嘴里不停地念叨着：“花心花心。”可是他不能理解的是，如果说晚上的灯光形成花瓣包裹着整个建筑物的话，那么整个建筑物就是一个花蕊，真正的花心到底在哪里呢？

站在玻璃桥上考虑着许子凌的留言，脑子却突然不自觉地想起上次许子凌跟自己说的话：“关于这个建筑物真正的来历，下次见面的时候我再告诉你吧。”

这个建筑物真正的来历？江成确实有点迷茫。上一次吃饭的时候，他心心念念的都是小陈和钱欣的事情，当时心里虽然好奇，但是积压在心里的那些担心把好奇硬生生地压了下去。说不定，去问问这里的服务生可能会有更好的收获。

正准备进去的时候，就有一个穿着湖水绿色服务衫的服务生笑吟吟地迎面从餐厅的方向走过来，走近江成的时候问：“先生，我看您在这待了有一会儿了，请问您需要我们的什么帮助呢？”江成有点不知道怎么开口，他总不能告诉别人是自己的朋友被绑架，他循着她留下的线索找到这来的吧？再说他没有搜查证，根本没有任何权力来搜查这个餐厅。

江成想了一下说：“我朋友跟我说这是个很漂亮的餐厅，像是一朵花，所以我想来看看，但是我觉得不怎么像一朵花啊。”服务生笑着回答：“我们的餐厅在夜晚才能呈现出一朵花的样子，如果您有时间，我建议您晚上再过来欣赏吧。”

江成没有走，点点头问：“那请问，既然是一朵花的话，肯定有花心。请问您家餐厅的花心在哪儿？”服务生收起笑容说：“对不起，如果您是来这里闹事的，我们可能需要请您离开了。”

江成没想到服务生会这样答复他，恳切地问：“能不能帮个忙？我真的是有事要办。”

服务生看了江成一眼，确定他不是闹事的才答复说：“我们餐厅确实有个花心厅，只不过这个餐厅只接待特殊用户，您不符合我们餐厅的特殊用户的范畴。”

江成有点发愣，本来还以为她会说是接待 VIP 客户的，没想到她却说是接待特殊用户。这是一个比较迷糊的词语，特殊，什么样的用户才能算是特殊呢？他并不知道这个餐厅审核特殊用户的标准，许子凌的情况不明，江成没有选择，只能告诉她们他的身份，简单地说了一下事情目前的情况。

好在餐厅的服务生并没有过多为难江成，就放他进去了。原来真的和传言一样，这个餐厅是有水下部分的。只不过这个水下部分看起来有点怪异，给人一种格格不入的感觉。而服务生对于江成的问题也是甚少回答，江成也不能从她们的只言片语中获得足够的有效信息。

这个水下部分的建筑物并不是从餐厅里面通过，而是从外部有一条专门通过的小道。记得以前上大学选修课老师说到一些关于水中建筑物的时候，跟他们讲解到，水中建筑物不仅在承重方面要做到建筑物的标准，由于水的压力，也会涉及流体力学的知识，所以在设计方面的要求比较高，但是相对来说，江成并不学习这个专业，所以对于这方面的知识了解得不是很全面。现在倒是有点懊悔自己的大学时代，那时候应该像范庆舒一样更广泛地涉猎自己并不感兴趣的一些知识领域。

想到范庆舒，江成提醒自己，等这次案子完结之后，一定要好好地去找他聊聊天，上次一见，他的专业技能几乎都还给老师了。

绕了一圈，在玻璃桥正对的大门背面一侧，也就是那天晚上江成看到投影的大花瓣其中一瓣花的位置，有另外一个小小的玻璃门，因为整个外墙全部都是玻璃，所以当玻璃门没有开的时候，完全看不出任何痕迹，一般只会当它是一块完整的玻璃。

玻璃门的设计很不错，嵌合度也非常高，透亮的玻璃门让阳光更均匀地照进洛冰湖餐厅的内部。门禁的位置并不是平常习惯的右手边的位置，而是在左边。服务生用门禁卡打开玻璃门，走下了一层用玻璃制作的楼层之后，江成和服务生一起走进这座餐厅最为神秘的花心厅。

说是花心厅，但到处是花的设计。平常对于这些花朵什么的并不十分喜欢的江成站在这里，也不得不感叹设计的精巧和布置的用心。

整个大厅拥有一个圆形的穹顶，穹顶也是玻璃的构造，但是反映出来的不是黑漆漆的地下，反而是闪烁的星空，还有不断的星座的变幻，居然有一种身在天文馆的感觉。江成明白了，应该是和夜晚的洛冰湖餐厅一样，这个玻璃的穹顶实际上是一个巨大的投影银幕。

墙壁上装饰各式各样的花，每一朵都有着灯光的映射，看起来就像是百花园，但并不俗气。连看似凌乱摆放的板凳也是一朵朵盛开的玫瑰花，江成在内心感叹着：这设计者还真的是特别喜欢花朵，这难道真的不是花仙子的后花园？在这个花心厅的正中央，摆放着一朵巨大的花，也可以说是一张花床吧，躺在花中间的许子凌睡着，看起来像是童话故事里的睡美人。

服务生不知道什么时候已经离开，整个花心厅里只剩下江成和许子凌。江成憋着心里的小怒火，但仍然强压着烦闷的心情坐了下来。

他的语气是少见的压抑的冷静，咬了一下嘴唇，努力让自己听起来不是情绪失控：“玩儿够了吗？还是你认为我比较空闲？”许子凌没有动，但是抬起手腕看了一下手表，用好听的声音说：“比我预计的时间稍微久一点，我以为你这么聪明，一个小时之内是能够完全赶到的呢，不过你猜到我不是真正被绑架用了多久？”

江成如实回答：“很快。”他第一反应确实很着急，开车的时候却越来越觉得蹊跷，遭遇绑架，第一时间不是打给接警电话和家人而是打给自己，就算是认为自己值得信赖，这也说不通吧。

而且假如许子凌真的遭遇了绑架，在这种可以如此清晰说清楚事情的情况下，一般来说会迅速地把事情说清楚，而不是这种晦涩的方式来说明自己的所在吧。但是当时的江成也考虑到另外的一种情况，她被挟持，所以没有办法用明显的话语进行沟通，所以才说了一大通那样的话。

抱着试试的心态，他过来了。但是在服务生带他进来的时候，他才真正确定。如果真的像服务生所说，这是特殊的客户才能进来的话，他并没有获得相应的资格。况且他身上并没有带搜查令，所以被服务生拒绝是自然而然的事情，他没有资格反驳的。但是他居然这么轻易地进来，不会只是因为服务生救人心切，而是许子凌告诉服务生让他进来的。

许子凌坐了起来，看着江成的眼睛，收起笑容说：“我今天用这样的方式请你过来，是要跟你说洛冰湖餐厅的事情。”

江成等待着。许子凌很认真地问："你觉得这个餐厅的设计怎么样？"江成回答得很诚实："非常漂亮。"许子凌点点头，继续说："不过你可能不知道另外一件事，这个餐厅的设计者和奥多西小镇的开发商是同一个人，你应该已经知道那个人，何洛。"

江成有点吃惊："你是说那个被藏在大佛里的那个人？何洛？"许子凌嗯了一声继续说："没错，虽然我也并不清楚他为什么会被放在佛像里，但是我想告诉你的是，这些事情应该是串联起来的一件大事。"

停顿了一下，许子凌诚恳地看着江成，说："我并不是苏易的情人，只是朋友关系，而且苏易和秦琴之间的感情在我看来不像是表现出来的那么好，我有预感，很多事情已经在不受控制地发展了，但是说真的，我也不知道会是什么事……

"还有，我总是觉得奇怪，我认识的苏易除了桃花运比较旺之外，并不是那种会自杀或者做出什么事能让别人恨不得杀了他才解恨的人，所以我根本不明白苏易为什么会遭遇这样的事情。但是江成，我想告诉你的是，也许我现在在你这儿并没有摆脱杀人的嫌疑，但是我希望你个人相信我，我并没有做过任何违背道德的事。而且，何洛的事跟这些案件或多或少有一些关系，我希望你一定要相信我！"

江成看着她真诚和急切的眼神，点点头。这是她第一次叫他江成，而不是江警官，觉得有点诧异。有些事情许子凌并没有说出来，他知道，但是他没有说破。

看到江成肯定的动作，许子凌终于微笑了一下，说："江警官，原谅我！有些事情在我没有确定之前我并不能告诉你，毕竟，我并不是你真正的嫌疑犯，你没有任何证据证明我跟这些案件有关系，所以，我现在算是协助你调查吧？”

江成没有回答，算是默认了。许子凌说：“我打听到一件事，当年的何洛是在杭州读书，我朋友告诉我，每个建筑都有设计师的风格在里面，他参观完洛冰湖餐厅之后告诉我，这个风格是现在建筑行业比较出名的教授夏远的风格，夏远也是当年何洛的研究生导师。”

江成看着许子凌那双漂亮的眼睛说：“那看来我们得去一趟杭州了，见一下夏远教授，也希望像你说的那样，在那里能找到我想得到的线索吧。”

# 第十章　杭州之行

许子凌为江成开始对她有信任而感激，对着江成嫣然一笑。江成有点不好意思，算了一下，给小陈的时间还有两天，时间上应该是来得及的，和许子凌约定了明天见之后，扭头就走了。

花心厅里花朵的香味也越来越远，江成打电话跟钱欣简单地说了一下自己的去向，回家去收拾一点随身物品。

“上有天堂下有苏杭”“欲把西湖比西子，淡妆浓抹总相宜”，古代文人墨客喜欢把这些优美华丽的辞藻加诸在这个美丽的城市身上，而它也确实当得起这个名号。

走进这个城市，江成感受到一种别致的美，杭州与兰山市的景色是完全不一样的，杭州的美是一种迎面扑来的江南的柔美，随处可见的水系让经过这座城市的人到处都能感受到流淌的活力，干净、清爽不由得让人由内而外地喜欢上这座城市。可是江成和许子凌并不是来旅游的，两个心急火燎的人压根没有心思去漫步欣赏这座城市里随处可见的别致美景。

两个人下了车直奔何洛的母校——A 大。坐在出租车上，许子凌特地把车窗打开，夸张地吸了一口气说：“江南好，江南好，江南果然名不虚传呀，真好闻的空气。”江成看着许子凌孩子气的笑容，偷偷在心里笑了。

司机师傅说着一口好听的杭州当地话，问：“小姑娘，是跟男朋友来我们这儿旅游哒？”许子凌开心地回答：“是旅游，不过不是男朋友。哎，师傅，你们这地方可真美啊，跟我们那儿完全不一样呢。”

司机师傅听到许子凌这么夸奖，自豪地说：“那是，我们杭州啦，不仅环境好，好吃的也特别多，当然最出名肯定就是我们西湖啦，不过这几天西湖那边在举办活动，人特别多，如果你们有时间，不如过两天你们再去，可以顺便爬一爬西湖边上的宝石山。”

许子凌一路都和司机师傅聊得十分开心，旁边的江成虽然一直微微笑着，可是并未说一句话，看起来就像是个宠溺女儿的慈祥父亲。

司机师傅车技很好，没过多久，就到达了目的地。正是早晨上课时间，校园里大部分教室都能看到上课的学生，在校园路上的学生三三两两并不是很多。

江成和许子凌没有时间欣赏校园里优美的景色，直奔夏远教授所在的建筑学院。建筑学院的建筑风格在整个学校里都显得独树一帜，不像教学楼和宿舍楼那样的方方正正，而是层叠的样式，由二楼开始每一层都把外墙的玻璃向外扩展一些，又在多出来的空间位置种植了一些绿色植物，所以整栋建筑学院专用楼看起来就像是一盆巨大的盆栽，生机勃勃。

许子凌的心情不知道为什么特别好，看着江成问："江警官，是不是觉得特别美？"江成抬头看着巨大的盆栽点点头说："是啊，总觉得和洛冰湖餐厅有点相似，只不过洛冰湖餐厅没有种这些植物，所以看起来不如这个学院好看。"许子凌莞尔一笑："你别忘记了，杭州可历来就是江南水乡鱼米之乡，最适合生长这些植物的。"

刚进了学院，两人被要求出示身份证明。江成拿出警官证，解释一下许子凌是自己的助手之后，顺利通行。电梯到了五楼停下，是夏远教授办公室在的楼层，想到有些一直被隐瞒的秘密可以重见天日，对两人说本应该很开心，而江成却如百爪挠心……

站在505办公室门口，许子凌敲了敲门。一个头发乱糟糟的男生开了门，看到许子凌和江成，有点疑惑地问："您好，你们找谁？"许子凌声音好听地问："请问，你们夏远夏教授在吗？"男生摇摇头："对不起，夏教授今天出差去其他城市开建筑会议去了，您找他有什么事吗？"

许子凌一拍大脑，那天跟夏教授只预约了三天左右，接近学生上学的时间，怕赶不及，所以把时间放宽裕点的，没想到夏教授却不在。男生接着热心地说："有什么事要不我帮您转达？"许子凌突然对这个头发乱糟糟的男生提升不少好感度，友好地说："我们是兰山市公安局的，来是想跟夏教授打听一下他以前的一个学生的事情。"

男生想起来什么大声喔了一声，赶忙把他们迎进办公室。办公室里还有几个其他的学生，都放下了手中正在进行的工作，看向他们。男生脸上露出了笑容说："你们就是江警官和许助手吧，今天早上夏教授走的时候跟我打了招呼，说如果二位过来的话，就先安排一下，因为这个会议是个临时会议，本来是不需要夏教授去的，但是好像是设计上有一些不符合建设方的要求，所以才要求夏教授紧急救场去了。因为时间比较紧急，所以也没来得及通知二位。不过二位不用担心，夏教授最迟明天下午就回来了，他已经跟我说了，让我安排二位食宿。”

江成一直没说话，听这个男生说完，才低声说了一句谢谢。许子凌倒是十分活泼，开心地跟男生握了握手说：“太好了，十分感谢。你是班长吧？”男生点点头，挠挠头，有点不好意思地说：“我们几个都是夏教授的研究生，因为现在研二了，所以我们大部分的时间都是为明年的毕业论文忙，现在几乎都是在这待着，也谈不上班长不班长了。现在班里的学生都跟随着自己的导师在自己的办公室工作。”许子凌点点头微微一笑：“那实在不好意思，打扰你们了！”男生摇摇头：“没有的事，平常也不是特别忙。两位警官坐了很久的车，应该很累了吧，要不我带你们去休息吧。”

许子凌和江成不约而同地说了“谢谢”。关上办公室门的时候，里面传出了各种小声议论的声音，像极了以前上学的时候，班主任离开班级的那样，听到窃窃私语，江成刚刚满怀戒备的心却突然放松了下来。

男生一路上话很多，走到哪个地方都会介绍一下历史，走过校园的人工湖，指着湖上的一座桥说：“你们看，那是我们学校出名的情人桥，到了晚上会有很多的情侣在那块儿约会的，不过我这样单身的人是从来不去那儿的，省得被嘲笑。”然后又指着湖那边的一栋楼说，“那栋楼就是资源与环境学院，简称资环学院，也是我们学校美女最多的学院。对了，看，资环学院隔壁就是理学院，计算机学院、物理学院和生化学院都在那栋楼，所以也是男生最多的学院。”也许是意识到自己的话有点多，男生说完有点不好意思地笑笑。江成不禁想到自己的大学时候，虽然话不多，但是对比现在，也是一个充满活力的小伙子。

正出神，许子凌用手肘捣了一下江成，悄声说：“你发什么愣呢？我们到了。”相比那些高大的教学楼，只有三层的校园招待所显得比较矮小。

不过既然是校园，这个招待所也就是为了招待一些到学校办公事的人们，所以三层也足够应付学校平常的需求了。可能是由于建设时间并不长，所以整栋楼看起来十分新。

招待所虽然只有三层，但是占地面积较大，所以整体感觉也不算很小。男生介绍说：“之前这个招待所时间比较久了，所以后来学校决定在招待所原来的基础上翻新修整一次，对了，承接这个活的就是我们学院。我们跟夏教授一起画的设计图。”顿了顿，他又自豪地说，“有不少地方，夏教授都决定采用我的设计呢。”

许子凌对他竖起了大拇指。男生脸红了一下，吐吐舌头说：“我带你们进去吧。”到了前台，男生对服务生说：“两间单人间，谢谢。”从口袋里拿出卡，说，“夏远。”

服务生对许子凌和江成伸出手：“您好！身份证。”登记完毕之后，服务生把两张房卡连同身份证交给二人，指着楼梯说：“二楼，212 和 213 房间。”许子凌看了一下，调皮地把房卡换了一下，把 213 房间的房卡递给江成，说：“走吧，我们把东西放上去。”江成点点头，看了看手心里的房卡，纳闷地问：“你为什么要跟我换房间？”

许子凌转了一下眼珠说：“因为我只是单纯喜欢 212 这个数字而已呀，再说了，你一个大男人让让女生也是应该的嘛。”江成没有再问，只是默认了。却没想到跟他们一起的男生却笑了起来，许子凌回头对着男生报了一个调皮的微笑，只剩江成一头雾水。

男生实在不忍心看江成蒙在鼓里的样子，解释了一下：“这位警官，你上学的时候有没有用过一种铅笔名字叫中华绘图铅笔？其中有一个型号叫做 2B 的，记得吗？”一直说到这了，江成才明白过来，不过他只是笑笑，也没有说要调换房间，反正在哪住都是一样。

他心里装着案件，并没有多少开玩笑的心思。许子凌嘟起嘴巴，对着男生眨了一下眼睛，打开 212 房间，进去转了一圈看了，出来不住地点头说：“不错不错，你们学校招待所的标准还是蛮高的嘛。”

男生明显很开心许子凌能满意，递了另外一张卡给许子凌说：“你们喜欢那就太好了，夏老师安排的任务我就算是完成了，这是我们的校园一卡通，你们在食堂吃饭或者需要去校园的小超市购买用品，用这张卡都是可以的。那你们休息吧，明天夏老师回来以后我会过来找你们跟你们说的。对了，我姓白，两位警官就叫我小白吧。我的电话是 155……你们要是需要导游或者有什么事需要我帮忙就打电话给我。”

说完之后跟江成和许子凌摆摆手，下楼走了。许子凌抱着胳膊靠在门上盯着小白的背影说：“这小伙子，做事情还是蛮靠谱的嘛，还热情。不像有些人，惜字如金，半天憋不出一句话来。”

江成问了一句：“过来之前你是不是就已经打着我的名义跟夏远教授联系过了？”许子凌拍了拍江成的肩膀叹口气说：“江警官，

我知道你也想早一点破案啊，我这不是为您考虑，谁让您日理万机呢？你难道不应该夸奖我一下吗？”说完自顾自回到 212 房间，顺手关上门。江成站在 213 房间门口苦笑起来。这姑娘，任性起来也是不讲道理的。

进了房间，江成环顾了一下整个房间，深色的窗帘拉起来可以很好地挡住外面的阳光，即使是白天也可以睡得很安稳，毕竟是校园，所以噪声并不大，这个校园招待所不远处就是那个人工湖，可以远眺看见嬉闹着的和安静读书的学生们，夹杂着满目的绿色，让人满心都是生命的希望。

招待所和遍布全国各地的宾馆一样，卫生间和洗澡间在一块儿，不过打扫得十分干净，江成不由得对这个学校又多生出好感。镜子面前放着一次性的洗漱用品，也很贴心地放置着男士用的一次性刮胡刀和洁面用泡沫，镜子旁边是毛巾架，搭着两条稍微小一点的洗脸巾和一条大一点的浴巾。

江成把背着的包放在电视柜上后，合着衣服就躺在了床上，这一路上坐车再加上心事，他也确实累了。

迷迷糊糊地睡了一会儿，门口突然响起了一阵敲门声。江成揉揉眼睛，打开门。门口是许子凌。她笑眯眯地看着江成，问：“江警官，有时间吗？”

江成打了个哈欠：“怎么了？”许子凌伸出手机说：“我刚才看了一下，这附近有个大型游乐场，坐地铁去只有三站，好不容易出来一趟，江警官你能不能陪我去玩儿？反正夏教授明天才回来。”

拗不过她，江成拿起随身物品就跟着她一起出了门。这个时节拥有一年中最好的天气，走在晴朗的天气中，闻着空气中不知名的花散发出来的淡淡香气，整个人似乎都从内到外被清洗了一遍，满心都是舒爽。

学校距离地铁站很近，许子凌看了看手机，带着江成走进地铁站，可是连续几辆地铁停下许子凌都没有上车，只是默默地等着，嘴角却是掩不住的笑意，江成没有问她，只是一直偷偷地打量着她。

她的长睫毛、她忽闪的眼睛、她高挺的鼻梁和她秀气的嘴唇，一幅多么美好的画面，江成甚至都没有意识到自己走神了。叮，地铁进站的声音，许子凌兴奋地叫起来，一把拉起江成进入车厢。地铁的门缓缓关上。

江成仔细地看了一下车厢，发现整个车厢内部贴的都是3D的海洋生物画，十分形象和逼真。那些画中的生物似乎被赋予了生命，活了过来，正开心地四处游动，对着乘客调皮地眨着眼睛。许子凌悄悄地在江成耳边说："早就听说了杭州有一辆3D地铁，一直很想亲眼看看，今天终于梦想成真了，没想到这辆地铁这么美。"

江成看了一眼许子凌没有说话，眼含笑意地点点头。

刚下地铁，江成就接到了钱欣的电话，电话那头的钱欣似乎是心情不太好，有点闷声闷气的感觉，刚想追问，不过钱欣听说江成正在杭州调查案件，钱欣那边就直接挂掉了电话。再打过去，钱欣没有接。江成不知道发生了什么，心里有点忐忑的感觉，但是他并没有表现出来，仍然陪着许子凌进了游乐园。

所有的人在进入游乐场的那一刻都会变成小孩子，特别是女人。江成对于这些游乐设施倒没有太大兴趣，但是看着许子凌那么开心的表情，江成也不忍心说自己并不喜欢玩这些东西，自小对于这些就有心理阴影，总觉得会掉下来，就像是所有的学生在上学的时候都会幻想头顶上的电风扇落下来割伤自己的场景。

游乐园每个正在运行的机器上都传出此起彼伏的尖叫声。许子凌兴奋的尖叫声完全淹没在里面，她指着长长的过山车说："江成，江成，你看，是过山车！"江成看着疯狂扭动着的过山车，心里有点发毛。他微微一笑说："你去玩儿吧，我还是在这边等你就好了。"许子凌眨眨眼睛问："江警官，你不会是害怕了吧？"江成没有说话，只是无奈地笑了一下。

许子凌转了转眼珠说："这样吧，江队，如果你跟我一起坐过山车，作为交换，我就告诉你一个关于那九幅画的秘密，当然，前提得是你要相信我并不是犯人。"

江成点点头，不知道为什么，他第一次希望自己在追查案件线索这件事上的推断是错误的。许子凌眼神清亮，和江成一起排队等待着过山车。

排在前面的人们叽叽喳喳地谈论着什么，江成的脸色却不那么好看。许子凌看着脸色有点发青却紧闭着嘴巴一言不发的江成，唇角微微扬了起来。

终于轮到江成和许子凌了，两个人和大家一起把随身物品放在旁边的储物格里，坐上过山车，任由安全员把他们的安全设备调试好。过山车开始缓缓地动了起来，江成的心也在那一瞬间似乎要跳出胸腔，可是一只温暖的手覆在了江成的手上，安抚了一下那颗乱动的心。

江成没有看，只是闭上了眼睛，顺势反手把自己的手覆上那只小小的手，粗糙的掌心感受着特属于女子的温柔。

过山车加快了速度，江成闭上了眼睛，感受着来自颠倒旋转的过山车呼啸而过的风声和前后的尖叫声，脚底的血液瞬间尽数涌进大脑，江成知道自己现在头朝下的姿势一定很可笑，他偷偷睁开眼睛，发现许子凌开心地望着他。短短的一分半钟的时间却感觉起来那么漫长，到了终点，江成才轻轻舒了一口气，身上已经布满了汗。

下了过山车，江成的脚有一点发软，毕竟从未坐过过山车，所以心里有点发怵。许子凌刚说了一句“等我一下”就跑远不见了，江成正拿好自己的眼镜、手机、钥匙准备等她，许子凌就走到江成身边，眨眨眼睛递给他一样他很意想不到的东西。

# 第十一章 渐现端倪

是两张照片和一个冰激凌。江成觉得有点好笑，不管女人多大，内心里仍然住着一个小女孩，不过他还是接了过来，低声说了句谢谢。在这个季节里，吃冰激凌已经有点凉了，冰冷的触感在舌尖萦绕，不过吞下去一口，牙齿和胃就同时抗议了起来。

江成倒抽了一口凉气，甜蜜的味道从舌尖滑进了喉咙。江成三下五除二地吃掉冰激凌，连甜筒底部的脆皮也没放过，吃完了才发现许子凌才吃了一点点。许子凌大声笑了出来，把手中的甜筒递过来问：“要不要再来一点？”江成摇摇头，找了一个做成树根形状的座椅，和许子凌一起坐下来休息。

江成拿出许子凌给自己的照片，仔细看了起来。第一张是江成和许子凌在过山车上的掠影，江成看起来样子很滑稽可笑，可是许子凌却是巧笑倩兮，美目流光。江成笑了笑，把照片放进外套的内袋里。然后仔细看着许子凌给他的第二张照片。

很明显能看出来照片的年代很久远了，虽然照片是彩色的，但是以前对于照片的处理使用的方式是用显影药水在照片纸上显影，所以不管是清晰度还是分辨率都不如现在的数码成像技术。

但是照片的清晰度并不影响照片上主人公的笑容。照片上是两个年轻的孩子，满脸都是青春的色彩，两个人虽然没有手牵手，但是一眼看去，就能猜出来他们的关系是情侣，很温馨的感觉。

江成看着照片上的男孩子觉得有点眼熟，但是在脑海里搜索了许久，也没有他的相关信息。江成放弃了，指着男孩子问："这照片上的人是谁？"许子凌轻描淡写地回答说："何洛，也就是洛冰湖餐厅的老板兼设计师。"江成也终于明白自己在哪见过他了，就是在自己调过卷的卷宗里见过，眉目相似，只是时间在两个人脸上留下的痕迹完全不一样。

按照时间的推算，这个照片上的何洛应该是20世纪90年代左右，也就应该是何洛上大学的时候。江成疑惑地问："你从哪儿弄到这张照片的？"许子凌敷衍地答了一句："有个人用快递寄给我的，让我务必转交给你。估计是知道你正在调查这件事吧？"江成知道这话肯定不是真话，但是既然她不想说，那就自己默默调查吧。不过江成还是觉得有点意外，调查指向洛冰湖餐厅也是自己没有想到的事，如果不是有人有心帮助，怎么会这么迅速地掌握到他们的调查进度？

许子凌其实并未说谎，这张照片确实是别人寄给她的，但是在照片后面附着一张纸，写着：你知晓的秘密，我也知晓，总有一天，所有的龌龊都会揭开，而我会一直盯着你，在你不知道的角落。

许子凌没有把这件事说出来，第一是觉得即使说出来，江成也不一定会相信；第二，许子凌在心里淡淡地哼了一下，就像那张纸上写的一样，有些秘密，总有一天要揭开的，如果要揭开，不如让江成自己去揭开吧。

两个小时后，总算是把许子凌想玩的项目都玩了一遍，江成虽然脸上并没有什么变化，但是走下“流星锤”时差点摔倒的样子出卖了他。许子凌“善解人意”地和江成一起离开了游乐园。

两人随便在校园吃了点饭，就回到了宾馆。

站在房间门口的时候，许子凌甜甜一笑说了句“好好休息”就顺手关上了门。江成进了房间，趁着自己还有点精力，打算洗个澡再睡。

刚准备进浴室，却瞥见门口的地毯上有一张卡片。江成一边疑惑着学校的宾馆怎么会有这些乱七八糟的东西，一边捡起来准备扔掉。可是拿到手上，就觉出了不一样。

这是一张硬质的卡片，粉色的底色配上淡蓝色的花纹，像是女孩子都很喜欢的那种类型。从纸张上透出一股淡淡的香气，说不清是什么味道，只觉得很好闻。但是卡片上的字看着却让人心中一冷：“背叛者不得好死；勾引者无处葬身；一切的龌龊都会被揭开，在阳光下无可遁形。”

这张卡片是谁送来的？送的人是恶意还是善意？送来的目的是什么？想要告诉他什么？还有，发生的三起案件都是兰山市的案件，这个送卡片的人到底是出于什么目的，竟然一路跟着他和许子凌来到杭州？

最合理的解释就是……送卡片的人就是许子凌！想到这里，江成心里的寒冷又增加一分。

可是……江成的心里却那么希望这张卡片不是许子凌塞进门缝里给自己的。在对许子凌的怀疑渐渐消散的时候，这张卡片又让江成重新冒起对这个人的怀疑，江成的内心无比难受。

不管怎么样，江成还是决定问一问。他穿上衣服，敲了敲许子凌的房间门。许子凌穿着睡衣，打着哈欠，睡眼惺忪地打开房间门。许子凌的皮肤很白皙，配上睡衣的感觉就像是刚醒来的睡美人，让人忍不住心中一颤。

江成的脸有点红，递上卡片就避开了她的眼睛。许子凌扫了一眼卡片，有点无奈地问："怎么了，难不成你认为是我放在你门口的吗？"

江成没有答话，沉声说："我只想知道真相。"许子凌冷笑了一下，折身走回房间，不知道在翻找什么，一会儿又走到门口，同样递给江成一张卡片。

许子凌递过来的卡片质地和江成手上拿的卡片是一样的，笔迹应该是故意地写成不一样，字迹歪歪扭扭，像是故意拿左手写成的一样。卡片上的内容与江成收到的卡片很类似：你知晓的秘密，我也知晓，总有一天，所有的龌龊都会揭开，我会一直盯着你，在你不知道的角落。

有一点不一样，写这张卡片的人应该明显是知道许子凌的秘密，而且那个人是希望让江成也知道他们现在的处境，他在暗，而江成他们在明，他掌握江成的行踪易如反掌，而江成却不知道他是谁。

许子凌看了一下认真盯着手中卡片的江成，哼了一声回过身重重地关上门，只余下站在门口不知所措的江成。

想了想，江成觉得自己应该向许子凌道歉，还是鼓起勇气敲了敲许子凌的门。许子凌不耐烦地大声说“睡觉了”就不再应声。

外面的天空已然是黑色了，许子凌坐在床边，在黑暗中睁着大大的双眼，喃喃地自言自语：“苏易，你说，会是那个人吗？”

江成颓然地回到房间，满屋的光明却不能带给他一丝开心。未知真的是最可怕的事情，因为对什么都不甚了解，江成有种挫败的感觉，事情进展到今天，他们居然不知道到底怎么去寻找案件的线索和那个隐藏在案件里的对手，甚至，连对手是谁都不知道。

这一夜，江成睡得并不安稳，所有的人物交叠在一起，冷笑声、哭泣声、尖叫声在脑袋里此起彼伏。

江成满身大汗地从梦中醒来，窗外的天空已经发亮，月亮也只在天空剩下一点模糊的影子，不远处甚至已经有学生在进行早读。抬起手看了一下时间，才是早上六点半，估计这个时候的许子凌还在梦中吧，江成想了想，还是等一会儿再叫她起床吧。

甚少抽烟的江成点燃了一根烟，默默地等着时间过去。昨天晚上的事情，还是今天早上等她消气了再跟她解释吧。江成知道自己是个不善言辞的人，虽然没有说两句话，但是仅仅说出口的那句话应该还是让她觉得伤心了，毕竟信任崩塌的感觉放在谁身上都不好受。

江成有点头疼，在跟女孩子相处这方面，自己确实是个白痴。好不容易挨到了七点，江成站起身伸了个懒腰，简单洗漱了一下就背着包准备离开。刚关上门，就碰到了打扫卫生的服务生。

她看江成背着包，问：“先生，您是要退房吗？”江成点点头说：“麻烦你顺便帮我叫一下 212 房间的女孩。”服务生笑得有点意外，回答说：“212 房间的小姐已经退房了呀，昨晚连夜走的，当时我还问她要不要通知您呢，她跟我说不用通知您，如果您退房了，让我跟您说一下她已经回去了。”

江成的心中是满满的失望，但是这时候再内疚也没办法让许子凌回来。江成向服务生道过谢，拿着服务生还给他的校园一卡通在校园里闲逛。

这个时候还不知道夏远教授有没有回来，正准备打电话问一下小白，小白的电话已经打过来了，电话里的小白很兴奋，说：“江警官您好，您起床了吗？夏教授昨晚就回来了，怕打扰您休息，特地让我早晨再给您打电话。”

江成放下电话就赶往夏教授所在的建筑学院，见到小白，把校园一卡通还给他之后就跟着他来到夏远教授的办公室。

夏远教授的穿着很朴素，甚至可以说有点破旧，他戴着一副老旧的黑框眼镜，但是目光炯炯有神，不由得让人生出一种敬佩感。不过这身装扮走在路上的话肯定很少有人认出来这是在建筑设计界享有盛名的教授。

夏教授的办公室同样很简朴，只有三四把椅子，甚至连看得上眼的装饰品都没有，放在墙角的是一个似乎是用了很长时间的书柜，里面放着不少书。夏教授看着江成的目光，似乎猜到了他在想什么，拉开一把椅子让他坐下然后笑了笑说：“对我这种老人家来说，越简单不是越好吗？”

江成刚坐下，夏远教授开口问：“你是为何洛那孩子来的？”提到何洛，夏教授的嘴角有了一丝笑容，继续回忆着：“他是我这几十年见过的在建筑设计上拥有极高天赋的学生，当时我在教他的时候，就觉得这孩子未来在建筑设计上有着不可估量的发展空间。

不过，后来他自己成为建筑商了，倒让我觉得非常可惜。因为我看了他作为建筑商的那些作品，完全没有他当年当学生时候的设计那样有灵气，所以他那时候来找我，我把他大骂一顿，不过我也是恨铁不成钢啊。”

江成想了想，从包里拿出洛冰湖餐厅的照片，递给夏教授说：“夏教授，您还记得这个吗？”夏教授仔细地看了看照片叹了一口气后说：“如果可以，我希望这辈子都没有帮他设计这个餐厅。”

夏教授感叹着：“人啊，这辈子最怕做后悔的事，但是做过后悔的事又无法弥补，恐怕才是最让人难以释怀的吧。”江成说：“我听说这个餐厅其实是您帮助设计的，难道您是对这个设计作品不满意吗？”

夏教授摇摇头：“这个建筑的设计部分，其实我只修改了很细微的地方，大部分都是何洛自己设计的，这个作品也是他成为建筑商以后那么多年我对他的作品相对满意的一个了。他当时来找我，跪着跟我说可能这是他最后的设计了，所以让我无论如何都要帮助他。我才知道，原来这么多年，他一直没有放弃他在建筑设计方面的天赋，据他所说，他做建筑商是迫不得已，当时我并不能理解他的话，后来打听了一下，也许是跟女孩子有关吧。”

江成一动不动，任由夏教授把自己带入绵长的回忆里。淡蓝色的青烟一直在屋子里萦绕，不肯飘出屋，似乎也想知道何洛的命运……

那天是一个雨天，很大的雨，烟雨蒙蒙的西湖有一种别致的美，只不过，景色很美，雨无端地让人感到心烦。夏教授在办公室修改着前几天学生交上来的设计作品。夏教授不习惯用学生们很流行使用的无线通信软件，正准备亲自去学生办公室叫学生过来修改的时候，却看到门口一个正在犹豫要不要敲门的人。

那个人浑身都湿透了，不知道是不是因为冻的，脸色有点发青。夏教授看了一眼他准备离开，这是他这辈子最值得自豪却又最可惜的学生，两年前对他的破口大骂估计对他没有起到任何作用，这两年关于这个曾经的建筑设计天才的新闻仍然是开发的房子在哪儿哪儿哪儿卖出了高价，在哪儿哪儿哪儿花高价竞拍的地皮成为“地王”。夏教授心中冷笑，这是个做商人的好材料，但是再也不是自己曾经骄傲的那个学生了。

却没想到，何洛突然跪下，恭恭敬敬地磕了三个头，拿出随身的包里的一张纸递给夏教授。夏教授很惊讶，长叹了一口气，于心不忍，还是带着何洛回了办公室。

何洛在曾经的老师面前没有一点作为成功商人的骄傲，仿佛只是一个做错事的孩子。他胡乱抹了一把脸上的雨水，环顾了一下夏教授的办公室。

和当年一样，夏教授还是喜欢把办公室布置得极其简朴，跟随他几年，何洛也有了夏教授的习惯，在公司里，何洛最讨厌那个装修豪华的接待室，平常宁愿在那个除了必要的工具之外什么都没有的工作室待着。趁夏教授看图纸的时候，何洛熟悉地在旁边的毛巾架上拿着毛巾擦了一把脸。

夏教授的余光瞥见了何洛的动作，却不自觉地微微笑了起来。很好，这么多年，何洛并没有走远。

何洛递过来的图纸下面附了一个电脑软件形成的模拟图，就连夏教授都不觉惊叹。设计非常大胆和新颖，甚至这样的设计夏教授本人都几乎没有尝试过。

全是玻璃的幕墙要考虑到承重问题，层叠花开式的设计还需要考虑到地基的基础部分，坐落在水中的部分还要考虑到水对建筑物的压力，所以说这个设计不仅是一个外观的考虑，更是精细到各个细微之处的设计。其实在看到设计图的那个时候，夏教授就决定帮助何洛了。但是他在等，等着何洛跟自己解释为什么这么多年才设计出这个让他觉得眼前一亮的作品。

何洛的话却让夏教授很吃惊，他说："夏老师，这有可能是我这辈子最后的一个设计了，所以我求求您，无论如何都要帮助我！我当建筑商不仅仅是因为我要养家，另外一个原因是我不想再想起以前的事。这么多年，我凭着良心做事，我没有做过任何违背良心和道德的事，也没有对不起任何人，除了她。"

夏教授不知道何洛话里的"她"是谁,但是猜想应该是个女孩子。

何洛苦笑了很久才又开始说，不过这话却听起来像是道别："夏老师，您知道吗？当我知道这个湖的名字是洛冰湖的时候，我就觉得这是上天给我弥补她的机会，我不惜一切买下这个湖的开发权，这个设计是我最后能为她做的事了,这辈子我欠她的,来世再还吧。"

夏教授一头雾水，但是并没有开口问他。何洛就像是自己的孩子,这个时候,不去问,就让他抒发抒发自己的苦闷应该是最好的吧。

何洛突然之间又跪下，恳切地说："夏老师，我这辈子最敬佩的老师就是您，您骂我打我我都没有生过您的气。我知道您是真心对我好的，如果有可能，我愿意像儿子一样伺候您，但是我知道，可能我也没有多少时间在这个世上了，但是夏老师，我求您！帮我完成这唯一的愿望。"

说完从口袋里拿出两张银行卡，恭恭敬敬地递给夏教授其中一张，说："夏老师，我知道您一生爱好简朴，但是这是学生的一番心意，您必须收下，就当是备着当不时之需吧。"

拿出第二张银行卡的时候，嘴唇一直在颤抖，声音有点哽咽："夏老师，这张银行卡的数额足够建好洛冰湖餐厅，如果我不幸没能把洛冰湖餐厅建设完毕，请您一定帮我把它建设完毕。如果我幸运等到建设完毕，我会回来拿这张银行卡的。"

当时的夏教授只以为何洛是身患重病，所以只想着帮他做好这个设计，没有去打听他的其他事情。夏教授找了几个以前的好朋友，尽力把设计做到完美，然后送给了何洛。

一切都在按部就班地进行着，可是在洛冰湖餐厅开张之后没多久，何洛就失踪了，有传闻他是逃跑了，跟他设计的那个什么奥西多小镇有关。

"但是我从不相信。"夏教授自言自语，"这个孩子虽然不是我亲生的孩子，但是对我来说，跟亲生的孩子又有什么区别呢？我甚至亲自去了一趟兰山市，去找当地的公安机关，但是他们说何洛这孩子只是失踪，迄今为止根本没见到尸体，又怎么立案？再说，我并不是他的家属，报失踪根本就轮不到我。你说，好好的一个人又怎么会失踪呢？我又去找他家人，可是人家根本不愿意接待我。"

夏教授又点燃了一根烟："后来想想，那孩子当初跟我说的那些话是不是就是要跟我告别的意思呢？这么些年过去了，他给我的银行卡我一分钱都没有动过，我一直在希望，有一天，他会再回到我的身边，跟我说，'夏老师，我来陪您看我设计的大楼。'江警官，你说，如果当初我没有帮他设计这个餐厅大楼，会不会他也不会失踪，现在他还会回来看看我？”

江成知道夏教授心中的痛苦，却还是残忍地揭开那层看似美好的希望说：“以我侦办案件的经验来看，如果他是因为他杀，那就不会因为您的帮助而推迟或者放弃，什么时候只不过是一个时间问题而已。所以，夏教授您也不要太自责了。还有，我们现在已经大致确认何洛的尸体在哪儿了，可能到时候还要麻烦您去一趟兰山市。兰山市不比杭州这儿依山傍水，如果您对气候不适应的话，我先在这儿跟您道个歉。”

夏教授只是摇摇头，满脸哀伤的神色：“我不想去，失踪起码我还能有个他活着的念想，这要是真找着尸体了……”

夏教授没有说完，江成却理解了。缥缈的生的希望和死的定局，任谁都会选择前者吧？

想起来什么一样，夏教授站起身，在书柜里翻找了很久，把一个薄薄的信封递给江成。江成一脸迷惑地打开……

# 第十二章 生命难以承受之痛

是两张银行卡和一封信。信中只有几个字：夏老师，您保重。可是奇怪的是，一整张的白纸上，却只有寥寥的几个字，而且字与字之间相隔得非常远。

江成皱着眉头问：“夏教授，请问，您这封信是什么时候收到的？”夏教授摇摇头：“我也不记得了，收到的时候居然用保鲜膜包裹着，我知道是何洛给我的，所以我只当是留个念想吧。”

江成从口袋里拿出平常检测用的手套，拿起纸，对着光指着一个地方给夏教授看，说：“夏教授您看这个地方，明显有一些地方是凹下去的，像是很用力地用笔写下的印记。我估计，他给您的这封信是用酚酞溶液写的。”

夏教授明显很激动：“酚酞溶液？也就是说他在这纸张上留下了其他的信息？这么多年，我怎么没想到会有这种可能？”

江成耐心地回答着夏教授：“他当初来跟您告别的时候您也没

想到他会留下这封信给您，况且，不是因为他说的话和我调取的相关卷宗，我也很难想到会有这种可能。当然我现在只是猜测，并不能确定，如果结果不是的话，可能就要用其他办法。要是我可以把东西带回兰山市公安局，到时候自然有鉴定结果。”

江成试探地看了一下夏教授，夏教授虽然有点不舍但还是递给了他：“如果这孩子不明不白地死了，我这辈子都会内疚，最起码您一定要让我知道是谁害死了他。”

江成点点头，把银行卡交还给夏教授：“这是他给您的私人物品，您还是好好留着吧。不管怎么样，这是他对您的一片心意。”

夏教授不再坚持，收回了两张银行卡。

送走了江成，夏教授叫来小白，揉了揉太阳穴说：“小白，告诉他们吧，何洛的事，警方已经查到我这儿了。”

小白听话地点点头，离开了夏教授的办公室。

夏教授内心苦笑着：因果循环啊，该来的谁都跑不了……

江成满怀心事地回到了兰山市。到达的时候已经很晚了，江成直接回了家，没有去局里。一身的疲倦，江成没洗澡倒头就睡，还是跟以前一样，睡觉并不安稳罢了……

第二天江成刚回到局里，就发现情况有点不对。整个单位只有几个人，今天并不是周末，人都去哪儿了？刚准备找两个同事问问，卢局长拿着帽子出来了，脸色很不好，看到江成，问了句：“出差才回来？一起走吧。”

江成不知道发生了什么事，看局长的脸色好像不太好，江成忍不住还是问出口：“局长，发生什么事了？”局长不知道是不是不想回答，反正他并没有回答江成，江成抱着到了地方应该就知道了的想法，坐正了身体专心看着前方。局长却开口了："是你们队里的，小陈，死了。"

江成一瞬间没有反应过来，以为是自己听错了，但是他真真切切听到局长说："小陈，死了。"这四个字，就像是五雷轰顶，震得江成差点没坐住。

局长斜眼看了一下江成，手放在方向盘上紧紧握着。就是怕江成这样，所以他刚才一直斟酌着怎么开口，可是还是觉得直接说出来结果比较好一点。

到了地点，车还没有停稳江成就跳了下去。不少同事都围在那儿，但所有人都沉默着。

小陈躺在所有人围成的一个圈里，很安静，却惨不忍睹。干涸的血迹出现在他身上的每一个地方，而他的脑袋以奇怪的姿势摆向一旁。

他的头骨已经完全塌陷下去，所以看起来他的头是扁的。小陈整个人已经不是一个完整的人形，衣服在他身上就像是小时候女孩子喜欢给布娃娃身上套上不合体的衣服那样可笑。

即使是见过无数次血腥现场的江成，在面对这样的现场的时候，都不得不发自内心的难受，即便躺在地上的那个人不是小陈。

江成看着那张原本活力洋溢的脸现在却如木偶一般安静地躺在自己的面前，想到那张要认真完成任务严肃的脸庞现在再也不会对着自己说一句"江队，我一定完成任务"就觉得特别胸闷。他知道，那个工作的时候会认真，闲暇的时候会开心，偶尔还会去调笑钱欣的小伙子已经带着对工作的热爱、对好兄弟的保护，甚至对暗恋着的女孩的爱情一起离开这个世界了。

江成不知道怎么走出同事围成的圈子，但是他知道，现在最重要的是要找到钱欣，刚才抬头环顾了一圈，钱欣并不在，江成不知道钱欣在哪儿，但是知道钱欣现在的状态不会比自己好。

钱欣就在附近，坐在一辆警车边瑟瑟发抖。她抱着自己的双腿，抽泣着。钱欣的眼睛很大，一直盯着小陈躺着的方向，眼泪一颗一颗砸进面前的土地。

江成走过去，蹲在钱欣的面前。钱欣一把抱住江成，大声恸哭起来。她一边抽泣一边大叫着说："江队，小陈死了！小陈死了！我为什么要帮林广！要不是我们帮他的话，小陈根本不会死！是我们害死了他！"

江成轻轻拍着钱欣的背，因为哭泣和大叫，钱欣的嗓音听起来很沙哑。江成没有说话，确实是因为自己当初的纵容间接引发了小陈的死亡，如果江成早点发现，没有放任小陈任性地去寻找林广，那么小陈应该不会如此惨烈地躺在那里。

但是江成知道，这个时候的难过和伤心没有任何用处。他忍住心中的痛苦，把钱欣扶起来，认真地问："现场初步检查结果是什么？"

钱欣捂着耳朵，眼睛闭上疯狂地摇着头。

江成用双手覆盖在钱欣的手上，强忍着翻涌的心说："钱欣，你是局里最好的法医，剩下的话我不用说你也知道，有时候看着自己的伙伴死去比自己死去还难受。你要明白，有时候我们这些活着的人比死去的人其实更痛苦。所以，在这个时候你必须忍住这种心痛！"

钱欣闭着眼睛，只有眼泪一滴滴往下滴。她突然睁开眼睛，疯了一般大声说："他的骨头全都碎了，是全部！你懂是什么意思吗？是有人拿钝器把他的骨头一块一块敲碎的！"

江成知道钱欣的话中是包含着怎样的难受——钝器的击打让所有的骨头全部碎裂，在直到他死亡的那一刻，他都承受着常人无法想象的噬心的痛苦。江成不敢继续去想象那样的场面，死亡的时候，小陈唯一的感觉也许是觉得终于解脱了吧。

江成不知道大家是什么时候离开的，只是目光一直追随着小陈被抬上警车的那一刻。有时候，世界的安静存在于心里，那个时候的那个世界，只能装下那一件事而已。

整个世界都安静了，只能听到自己的呼吸声，甚至，连自己的呼吸声都没有，生命的脆弱在这一刻体现得淋漓尽致，当其他所有的人都离开之后，江成无法阻止恣意的眼泪，就像他无法挽留逝去的鲜活生命一样。这个时候的他，真正体会到活着的人比死去的人更痛苦的感觉，因为他承受着来自灵魂深处的撞击，敲击着搏动的心脏。

江成不知道自己怎么离开的现场，不知道自己怎么来到经常和小陈吃夜宵的饭店，更不知道许子凌坐在自己身边看着自己一杯一杯把酒精灌下肚，本来就不胜酒力的江成沉默着喝完了十瓶啤酒之后终于吐得昏天黑地，差点连自己的肠胃都要吐出来。

许子凌在一边没有说话，她只是接到了江成的电话，但是江成在电话里除了压抑着声音哭泣却并没有任何的话语，她没问，也知道这个时候不应该去问。

聪明的她，意识到这个时候的江成会去的地方不超过他跟自己提及过的三个，好在运气不错，在第一个地点就找到了江成。看着这个平素寡言少语、办案时候雷厉风行、眼神极具穿透力的男人此时只通过这种方式发泄着内心的悲伤，而许子凌却只能看着他如此折腾自己的身体。酒精可以麻痹一时的大脑，却不能真正释放内心的伤痛。

满地的秽物，刺鼻的酒味，没有食物，只有酒精混合着胃液以及少量的血液在地面上。许子凌敏感地意识到江成是因为长期不沾酒精，而突然剧烈地喝下大量酒导致的胃部出血，好在出血量并不大，应该没什么大问题。

这个情况下叫救护车并不合适，江成只是醉酒，不算是危险的突发状况，况且还是由于这样的原因。好在医院不算远，碰上个好心的出租车司机并额外付给钱之后，司机师傅热心地帮忙把江成送到医院的急诊室。

门诊医生估计也是处理过太多这样的病例了，许子凌刚说江成酒喝得比较多，医生就问："是不是还伴有胃出血状况？"

许子凌刚用力地点了一下头，医生就龙飞凤舞地在病历本上写了一串许子凌不认识的字，交给许子凌说："你去交费拿药水吧，拿好了交给护士，输完液就没事了。"许子凌还没走，医生已经晃荡着两只手回到医生办公室了。

许子凌交完费用就急匆匆地将药水交给了护士，护士热情地跟许子凌聊着天："放心，我们医院经常收治这种喝酒喝到胃出血的病人，没什么太大问题的。不过作为女朋友，你也应该管一管，毕竟酒喝多了对身体肯定不好的，对不对？"许子凌微笑一下，并没有反驳。

总不能跟护士说，躺在病床上的那个是警察，而自己其实是他的嫌疑犯吧，想想倒是觉得挺讽刺的，要是真的是说出来了，估计护士会直接打电话报警了吧，毕竟这个时候的江成真的毫无反抗的能力。

护士姐姐继续喋喋不休地说着：“男人嘛，还是要看紧一点，那些酗酒的一不留神就会溜出去喝酒，怎么说都不听你的。”

许子凌仍然笑着对护士表示赞同。护士姐姐把输液瓶挂上了架子，一边拿起托盘里的酒精和棉花一边有点不高兴地吐槽着：“我们科上次收治的一个病人很危险呢，送来的时候一直在吐，不过吐的全都是血。病床上都是呢，我们后来只能把那条床单给扔了，根本洗不干净。”

许子凌想象那个场景，觉得不论是谁，看到那个场面，应该都会觉得触目惊心吧。

说话间，护士已经把吊针扎进了江成的手背，药水正源源不断地滴进江成的血管。护士把酒精棉花等收拾到医用托盘里，对着许子凌甜甜一笑说：“医生配了一些醒酒的药水在吊瓶里，作用快的话，吊完水应该就会好很多，总共是五瓶药水，等这瓶快结束的时候你按铃叫我们就可以了。”

估计也是忍受不了江成身上刺鼻的气味，护士皱着眉头对许子凌说：“我们医院有偿提供干净毛巾，你可以帮他擦一下，这样他也会舒服一点。”

许子凌礼貌地说了句谢谢，看着护士端着托盘轻快地走出了病房。

许子凌坐在江成身边，从一开始见到江成到现在，江成的脸色一直很差，她其实很想问问他，到底是什么事让他如此痛心，但是她不会问。应该真的是非常伤心的事吧，能把一个坚强的汉子打败得如此彻底。不要去试图拨开那些触及了灵魂的伤痛，许子凌相信，等到他想说的时候，他自然会说出口。

许子凌买了一条干净的毛巾，用温水打湿，走回病房，细心地帮江成擦着脸。许子凌自己都觉得挺好笑，自己照顾自己的时候都不曾如此用心。

她考虑了一下，还是解开了江成的衬衫衣扣。江成虽然很瘦，但是身上的肉很结实。靠近胸口的位置有两条淡淡的疤痕，不知道是训练还是实战中受的伤，但是能看得出来，已经很久了。

细心地擦拭了很久，江成身上酒味终于散去一些。没想到醉酒状态下的江成倒是很配合，不怎么乱动，所以让许子凌的照顾变得轻松很多。除了第一瓶药水比较多之外，剩下的四瓶药水都是装在很小的瓶子里，所以仅仅是三个多小时，药水已经输完了。

护士已经把江成的吊针拔了下来，江成还是睡着，没有任何的反应。

许子凌闭上眼伸了一个长长的懒腰，睁开眼睛的时候却发现江成已经醒了，虽然满眼通红，却对着许子凌挤出了一个苦涩的笑容。

环视了一下周围的环境，加上满鼻子刺鼻的消毒水和酒精混合的味道，江成明白是许子凌送自己来的医院，他本来有很多想说的，到最后却只是低沉地说了句“谢谢”就不再说话了。

许子凌帮他扣上胸前的衣扣，也没有回答他，只是安静地坐在他的身边。江成别过头去，深深叹了一口气，过了很久说了一句：“小陈，死了。”江成平静的话语听起来似乎是在描述一个完全无关的事情，但是许子凌知道江成现在正压抑着自己的情绪。

许子凌对小陈的印象并不深，只是知道是上次跟江成同行一起去她家的那个年轻的小警察，满脸的热情，浑身都洋溢着青春的味道，确实让人禁不住很有好感。

当听到江成平静却艰难地说出那句话的时候，许子凌想说点什么，却张了张口并没有说出口。他并不需要安慰，任何的语言在这个时候都显得太苍白。

她伸出手覆在江成的大手上，然后紧紧地握住。江成也握住许子凌的手，覆在自己的双眼上。虽然没有声音，但许子凌却感受到掌心湿了一片。

许子凌看着难过的江成，心里一片起伏。许子凌默默地在心中问着：江成，若有一天，你洞晓了我心中的秘密，那你，还能不能放心地把你的双手交到我的手中呢？

江成把手放下，声音沙哑地问：“你，下午要上班的吧？你先回去吧，我自己待一会儿就好。”许子凌尽力把声音放轻松：“没事，我跟单位请假了，下午陪你，扣奖金的话，回头记得还钱给我。”

江成只是没有说话，只是一直用力点头。他明白是因为许子凌不放心自己，所以他很感激她，但是他同样也明白，许子凌在这个案子中的嫌疑还没有洗脱。他的理智告诉自己不能太接近这个女孩，但是他的心让自己不由自主地靠近她。

他其实并不希望她走，当听到她说留下来的时候，他的心里除了是对小陈离开满满的伤痛，居然有了一点点的小欣喜。但是一想到因为自己的纵容而遭遇悲惨的小陈，江成的内心又是对自己满满的讨厌与怨恨。

如果所有事情再倒回去重来一次？再倒回去，应该还是一样的结果，小陈还是会努力保护着林广，自己听到小陈的请求还是会心软，还是在知道林广患上复发性抑郁障碍之后继续选择保护这两个年轻的孩子。

想到钱欣的诊断，江成真的不想去想象小陈死亡的那个场景。但是如果要让他的死真相大白，就必须面对这一切，从头开始梳理这件事。没有被破坏的案件现场和被害人当然是最可靠的信息来源，但江成见到小陈的案件现场应该没有多少提取信息的价值了，不然以大家的职业敏感性，不可能那么靠近小陈。那么，剩下的信息就应该直接从小陈身上提取。

江成猛地捂住胃部，喝酒引发的不适开始慢慢侵蚀着江成的身体。现在的江成不仅胃疼，而且还觉得饥饿。

一眨眼的工夫，许子凌就不见了。江成也不知道她出了病房到底干什么去了，好一会儿不见踪影。

江成胃部的疼痛开始加剧，有一种别人把手伸进自己的腹腔，然后狠狠地揪住胃部的感觉。江成俯到床边，开始呕吐，可是只有少量十分苦涩的黄色液体从嘴边流了出来，流进垃圾桶中，形成一片极为难看的沼泽。

胃部的灼热感似乎减轻了一点，江成正准备起身，一张纸巾已经擦干净他嘴边的污迹，把他扶住。江成一抬眼，正好对上许子凌温和的眼睛。江成脸有点红，干涸的嘴唇抖动着，想说什么却最终没有说出口。

江成闭上了眼睛想逃避那双眼睛。可是一闭眼，满眼都是小陈的死亡场景，脑海里想象着他遭受击打时痛苦但是不愿意服输的闷哼声，心脏就一阵一阵揪着疼痛。许子凌看着江成的表情，把刚买的粥递到他的嘴边，略带调侃地轻声说：“别浪费我一片好心行吗？”

江成睁开眼睛，听话地把粥咽了下去，突然没头没脑地问：“你明知道我一直在怀疑你，为什么不愿远离我？如果你真的有秘密，难道不怕跟我越接近，暴露得越快吗？”

许子凌笑得很好看：“那就说明我没有秘密呀，再说了，你怎么知道我不会在这碗粥里给你放安眠药，然后说你是因为打击太大，为了助眠，却不小心服食过量死亡呢？”

江成苦笑，吃掉许子凌递过来的另一勺粥。可是喉咙像堵塞了什么，咽了很久还没咽下去。许子凌放下粥，叹了口气故作深沉地说：“我不想像电视剧里那样说什么你要赶快好起来的话，但是我想说，如果你继续坚持这样，我保证，你会在查到真凶之前就会自己把自己折腾死。”江成盯着她看了许久，拿起粥，一口气喝掉。

许子凌满意地点头：“那个，休息好了就走吧，医院费用蛮贵的。我算算，这我请假没有了的奖金加上医院费用还有我本人的陪伴费总共是……”

江成只是盯着许子凌的嘴唇，并没有听清她说什么，那张漂亮的脸上其实是对江成掩藏不住的关怀与温暖。这个女孩让人想抱住她，亲吻她光洁的额头。

等许子凌说完，江成一把掀开满是消毒药水味道的被子，握住许子凌的手说：“我们走吧。”许子凌没说话，只是快步跟上他的步伐。到了医院门口，江成鼻音厚重地说：“许子凌，我送你回单位吧。”许子凌摇摇头：“你是糊涂了吗？我都已经说过，我今天请过假了。”

江成突然想起什么，急匆匆对许子凌说：“许子凌，抱歉，我不能送你回家了，夏教授给了我一样东西，我要立马查出来那是什么，这些事情不能再耽误了。晚一点的时候，我再联系你。”

许子凌看着他驱车离开的背影，虽然无奈，但是还是理解地微笑一下，刚转身，惊讶地看着从街角一转而逝的人影……

# 第十三章 死亡信息

兰山市公安局法医办公室。虽然江成的胃部还是一阵阵抽痛，但是这个时候他没空去管，他把那张从夏教授那儿拿到的纸张递给钱欣，让她检测一下。钱欣点点头什么都没有问，只是认真地拿起那张纸开始检测。

过了很久，钱欣有点惋惜地把纸张还给江成，说："江队，纸张上确实检测到少量的酚酞，但是由于时间太久，溶液已经挥发不少，所以我不能确定还剩下多少有用的信息。"

钱欣从试剂架上拿了一瓶无色溶液，把信纸摆在玻璃板上，取出试剂，滴在信纸上。很快，信纸上出现了淡粉色的几个字，但是很模糊，让江成感觉就像是隔着一层雾看着它们似的。

在信纸的下半部分，出现保护、愧疚、常伴老师的字样。盯着信纸看了很久，江成问钱欣："钱欣，单单这些字你能推测出来什么？"钱欣挑了一下眉说："我的直觉是跟女性有关。"

江成也赞成钱欣的想法：“我也觉得你的直觉是正确的，你还记得我们去何晶家的那次吗？她说过何洛以前有一个爱慕的女孩，后来因为何晶坚持嫁给何洛的事，与何洛分开了，还得过抑郁症，你说会不会何洛在他寄给夏教授的信里要保护的这个人就是当初何洛爱慕的女孩？”

钱欣反问：“你去杭州就是去调查何洛的事情了？”江成点点头：“我去了何洛读大学的地方，就在杭州。”钱欣的眼神有点疑惑：“你查到什么跟案件有关的线索了吗？”江成略微有点尴尬地摇摇头。

钱欣没继续问下去，只是说了一句：“明天，是小陈的追悼会，结束之后就要把他的衣服带去公墓了，我们送送他吧。”江成的嗓子像堵住了一样，回过头，从嗓子憋出一句“好”之后大踏步离开了法医办公室。

小陈，是真的离开了……

江成回到自己办公室，电话铃声正好响起，是博物馆馆长打的。馆长听到江成的声音似乎松了一口气说：“太好了，终于有人接电话了。陈警官在不在？”江成吸了一口气镇定地说：“不在，您找他有什么事？”

馆长似乎终于放松下来说：“我打陈警官的电话总是打不通呀，他说，如果打不通他的电话就打这个电话，有什么事情这个接电话的人会全部帮我搞好的，原来是江警官您啊。真是谢天谢地……”

江成耐着性子听馆长说了一大串没有营养的话，也许是馆长也意识到自己说了不少没有用的话，终于切入正题，说：“是这样的，我们馆那本《岳家军记》丢失的事情就不要跟媒体公布了，不然那些捐赠文物的人以为我们没有能力保护好文物，会对我们博物馆造成很不好的影响，拜托您了！”

江成给了馆长肯定的答复后问：“这是什么时候的事情？”馆长说：“就前几天，陈警官到我这来调查案件的时候，我跟他说了这本书失窃的事情。不过也不知道怎么一直都没有给我答复……”

突然灵光一现，江成问馆长：“那本书是什么时候失窃的？馆里不是会有摄像头进行监控吗？”馆长唉了一声说：“这本书没有展出，是放在副馆长的抽屉里的，副馆长办公室那边也没有监控，所以我们也不知道这本书是什么时候失窃的。”

江成懊恼地问：“那馆里有没有和捐赠这本书的捐赠者联系上？”馆长听到江成的问题，更加郁闷了：“这本书是寄过来的，但是包裹得很严实，当时书里面还夹了一张纸，说‘请代为保管这本书，它最好的归宿是博物馆，请原谅我不方便出面，希望它能安静地沉睡下去，和它的秘密一起’。”

安静了一会儿，江成问：“《岳家军记》，应该和岳元帅有关了。那这本书确实是岳飞亲笔书写的吗？”馆长停顿了一下说：“我们检测过，确实是岳飞元帅生活的年代，这点并没有疑问，但是我疑惑的是岳元帅应该不会称自己的军队是‘岳家军’，但是即使这本书不是岳将军亲笔书写，我觉得仅凭年代，也是极具历史价值的。”

江成的心里突然升起一缕希望，他问：“馆长，这本书你们有扫描件一类的留下来吗？”馆长的回答让江成看到了案件中露出的些许光芒——馆长回答得很肯定：“当然有，您要是需要，我来打印出来，送给您。”

博物馆的规模不算小但也不算太大，包括馆长在内的工作人员也就十来个，所以很多事情馆长都会自己动手去做，不过毕竟馆长是业内名气比较大的历史学家，作为后辈，江成自然而然地拒绝了馆长要送来文件的好意，告诉馆长自己去博物馆拿就可以了，顺便向馆长了解一下当时那个导游的一些情况。

约定了时间，江成终于放下电话，可以好好思考一下案情了。可是今天的脑子实在是没有办法集中哪怕半点注意力，没有办法，他放下手头的工作到楼顶打算抽根烟，排解一下思绪。

可是楼顶已经有人了。穿着白大褂的钱欣用两只手撑在栏杆上，似乎愣神很久了，居然连江成走近都没有发现。直到江成和钱欣一样的姿势趴在栏杆上，钱欣才回过神叫了一句“江队”，对着江成笑了一下。

江成啪嗒点了烟，淡淡地问：“想什么心事呢？”钱欣没有回答，却问了一句话：“江队，你不是一个人去的杭州吧？”江成有点尴尬，但还是诚实地点了点头。

钱欣反过身，靠在栏杆上，把手伸进江成的衣兜，熟练地拿出一支烟，盯着看了一下再狠狠地折断，随即用手指弹到很远处。

江成吐出一口烟气，问：“什么时候学会的？”钱欣知道他问的是什么，直接回答说：“大学，其实我本来不是学法医的，大一那年，跟我从高中就在一起的男朋友居然劈腿我们学校护理系的女生，很不幸的是，我们俩在同一个班级。为了不再见到他那张让人作呕的脸，我就去求系里给我转专业，后来就转到了最接近的法医专业。那个时候，顾路和夏胜天天陪我喝酒，出去疯，抽烟也是那个时候学会的。江队，你知道吗？我走之前对那个浪费我青春的臭男人撂了一句特别狠的话，我说以后别让我在公安局见到他，不然我一定狠狠地在他身上戳几个窟窿。”

江成差点没把自己烫伤，有点好笑地说：“那两个浑小子，不教你好，倒让你学了一身的坏习惯，算是两个损友吧。”钱欣斜了他一眼苦笑说：“是啊，只不过没想到我没能亲手解剖那个贱人，却亲手解剖了我的好朋友。”江成默然。

钱欣继续说：“看到小陈那个样子，我当时第一反应就是觉得好笑，你说小陈那么注重外表的一个人，如果看到自己这么难看的样子，是不是要哭？他肯定会求我帮他找整容医生的。江队，真的，我当时都想跟你打五百块钱的赌的。”江成捻灭了烟头说：“如果他可以亲口说他嫌弃自己丑，我愿意跟你赌一千块钱。”而钱欣的眼泪在她低头的瞬间已经被抹掉了。

她吸了吸鼻子说：“江队，我去把工作服换下来。”江成并未阻拦，任由钱欣离开。悲伤总要过去，与其这样一直悲伤下去，不如好好破案，让小陈安息。死在最好的兄弟手上，这也是小陈最不愿意的吧。不过，小陈真的是死在林广手上吗？

正准备下楼的时候，钱欣突然风风火火地上楼，看到江成，急切地说：“江队，我发现了一件很奇怪的事情，快来看！”

钱欣的样子说不清是难过还是欣喜，或者二者兼有之，但是江成知道这个时候的钱欣肯定是有很不一样的发现了。

钱欣把实验室的灯打开，拿起实验桌面的一张A4纸递给江成。江成看了一下，疑惑地问：“小陈的死因并不完全是身体的击打伤？”

钱欣嗯了一下说：“至少我是这么认为的。我提取了他的胃内容物进行检测，在秦琴胃里的那种不明物质我在小陈的胃里也发现了，进行比对之后，系统的分析是同一种，当时我认为那种不明物质是香水与胃酸形成的某种化合物，但是后来我发现秦琴的身体上并没有明显的出血外伤，所以我认为秦琴的死亡原因也许就是我们检测到的不明物质。相同地，我也认为这种不明物质会导致小陈的死亡，但是致死原因并不能完全排除击打伤害。”

江成看了许久憋出来一句：“我倒宁愿他的死亡原因是这种不明物质。”钱欣只是深叹一口气。与其让小陈在死前经受那么重的击打伤，受这么巨大的苦痛，还不如让他尽快死去，也能结束非人的折磨。

不管怎么样，小陈的死亡信息倒是提供了很多有用的东西，小陈、秦琴、女导游、这种不明物质、那九幅关于岳飞将军的图、莫名其妙用邮寄方式捐赠给博物馆的古书，江成觉得对手就像是蜘蛛一样，把一张巨大的网张开了，等着他们所有的人往里跳，而那只蜘蛛现在安静的原因只是因为他们需要的东西还没有完全找到而已……

江成突然问钱欣：“当时在博物馆里的那个女导游的死因是什么？”钱欣不知道江成怎么突然想起来问这个，说：“当时很多人都看到了啊，是她撞碎安放在《岳飞抗金图》前的玻璃，然后吞掉玻璃自杀的，尸检报告不是都给你了吗？”

江成反问：“你不觉得奇怪吗？一般来说，这些安放文物的玻璃应该是防弹玻璃，不应该会这么轻易一撞就碎掉的，不然的话，偷盗文物的人不是很轻易就可以得手吗？只有一个解释，博物馆认定那幅画是赝品，所以只用了普通玻璃进行保护。而且，我的猜测如果没有错的话，那个女导游的胃内容物应该同样有在小陈和秦琴胃里找到的不明物质。”

钱欣点点头，表示明白。没过一会儿，钱欣一脸凝重地拿着检测报告单出来了。和江成猜测的一样，果然有那种不明物质。

江成嘲讽地哼了一声："真是越来越明目张胆了，估计我们的对手也开始着急了。"钱欣不明白江成怎么会这么说，问："你是说案情有眉目了吗？"江成摇摇头："不是。其实这些线索看起来很多，但是真正对案情有帮助的没有多少，对手留的线索越多，就会使案情越杂乱无章。这样就会拖慢我们调查的进度，他们不论是抹掉做案的痕迹还是找寻什么东西的话都非常轻松，同样地，也有足够时间和精力去避开我们的搜查。"

江成把三张检测报告单都拿着，对钱欣说："走吧，我们一起去分析分析。"钱欣关掉实验室的灯，立马跟了上去。

林广失踪、小陈死亡，整个刑警一支队除了江成，就只有新来的罗哲和周自文了。江成考虑到这两个年轻的小伙子还是经验不足，调配起来也不如小陈和林广自如，不太愿意让他们去做调查，可是……

到了案情分析室，江成把三张报告单叠放在一起，跟他们分析着说："现在我们找到了三个人共同的死因，但是当时现场有很多目击者都亲眼看到她吞下玻璃，所以我们姑且把她死因还是列为不明物质诱发的死亡。现在，要调查的就是三个人为什么会接触到这种不明物质，这种不明物质是什么，作为牺牲者，三个人之间的共同点是什么。还有，小陈之前去调查博物馆事件的时候，调查到什么东西了？最重要的是，对手了解到多少？还有一件事……"

江成皱着眉问钱欣："你有没有觉得苏易的死亡很不可思议？即使他因为秦琴的死很伤心，或者说是内疚，但是他当时并没有任何想要轻生的迹象，在林广见过他之后，他选择了跳楼，这是为什么？原本我并不相信林广跟苏易跳楼有什么直接关系，或者只是巧合，但是在你跟我说了他们之间的关系之后，我开始有点怀疑林广了。”

钱欣回想了一下，慢悠悠地斟酌着自己的话语：“你的意思是，林广有可能就是导致苏易跳楼的真正原因？或者说……”钱欣没有继续说下去，因为江成明白，钱欣的意思是苏易是被林广推下去的，但是如果真的是林广推下去的，仅仅一门之隔的同事却没有听到任何的呼救声，这个可能性有多大？

所以江成倾向于是林广说的一些话起了作用，让苏易无奈之下只能选择跳楼。但是他的跳楼到底是为了保护什么不想被人知道的秘密还是为了湮灭证据，这已经不得而知了。不过调查的那天苏易办公室门口那个聒噪的小伙子倒是可以问问，虽然他一本正经说出来的话没什么可信度，不过只言片语倒是很有可能会直击问题中心。

江成想了半天，那个聒噪的小伙子叫什么？他自我介绍好像是叫杨周，想了想，明天还是选择让罗哲去问吧，自己确实对这个叫杨周的家伙没什么好感。

把事情吩咐给了罗哲，江成回到了自己的办公室，看了一下时间已经快到八点了，刚才一直在专注案情，注意力转移没注意到，等到放松下来，胃灼痛的感觉又一次从胃部燃烧起来，顺着喉管涌出口腔，江成看着垃圾桶里黄色的酸液，苦笑了一下。

有人敲门。江成忙把垃圾袋袋口扎起，顺便说了一句“进来”。敲门的是钱欣，她用夸张的动作闻了闻空气然后咧着嘴说：“是胃酸和酒的味道，江队，怎么回事？”江成淡淡说了一句：“没事，老毛病了。”

干他们这一行的，因为吃饭时间压根不定，所以胃几乎都不怎么太好，所以这个理由也说得过去，他不想说是因为小陈的事而喝酒喝进了医院。他看了一眼钱欣，连忙转移话题，问：“有什么新发现吗？”

钱欣点头，把一张纸片放在江成的桌上，是一张照片。照片里是很常见的便笺纸，江成他们经常会用这种便笺纸来记录一些小的事情，比如电话号码一类。但是照片里的纸张是几张揉碎的小部分纸片，拼合在一起，依稀可以辨认出上面的字迹：SOS 广。

是小陈的笔迹！江成目光一紧，问钱欣：“你在哪儿找到的？”钱欣简洁地回答：“小陈穿的T恤的下摆处，他把线头处拆掉了一点，把纸张放了进去，但是已经碎了，技术部只能还原到这个地步了。”

无疑，这是小陈留给他们的死亡信息，但是小陈要告诉他们什么？去救林广？林广现在失踪了不说，还是目前伤害小陈的最大的嫌疑犯，而且迄今为止没有人知道小陈去找林广的时候到底发生了什么，小陈为何会落得这样的折磨？

或者，现在的林广还有另外一种可能性，他和小陈一样，被他们的对手伤害了，而且现在已经……

这种可能性江成不敢去想，也不愿意去想，但是这个时候跳出思维定式，寻找新的可能性或许对破案有着更好的帮助。现在最明了的情况就是小陈在去找林广的途中出现了这样的事，所以大家也就自然而然地认为是林广杀了小陈，但是如果是其他的可能性呢？

或许小陈留下的死亡信息并没有错，现在只要找到林广，这个案子就离真相更进一步了……

看了一下时间，确实不早了，江成让钱欣先回去休息，也顺便跟她说了一下自己明天会去博物馆拿《岳家军记》的事情。钱欣说了一句“知道了”，目光瞬间变得暗淡，哑着声音提醒了一下江成：“江队别忘记了，明天，明天我们去送小陈。”

江成语塞，佯装低头找烟，却回答了一句：“明天上午我去博物馆，下午的时候我再去看他。”钱欣刚想说什么，张了张口却什么都没有说，嗯了一声后点点头转身离开了。

男人之间的情感，有的时候沉默如山。

小陈的追悼会在第二天的早晨举行，小陈的父母看着几乎不成人形的小陈时没有失去理智，仍然保持着良好的修养，对来参加追悼会的人们表示感谢。

可是这样的修养和礼貌是建立在没法解除的痛苦与悲伤之上的，所有的人都不禁泪目。痛失爱子对这对夫妻的打击实在太巨大，他们拒绝了各位送他们回家的好意，只是慢慢打扫和收拾追悼会的现场。其他的朋友和同事按照习俗送小陈的衣服去公墓。

江成说了谎，他并没有去博物馆，他只是推迟了一点时间去看小陈，陪着他一起的是许子凌。许子凌一身素色的裙装，陪在身穿警服的江成身边，倒是给人一种两人十分相配的感觉。

两人看着同事离开之后默默垂泪的小陈父母，心里是说不出的揪心。江成难过地想到，如果当时没有放任小陈独自一人去找林广，可能小陈现在正陪着父母吃饭，或许还会陪女友逛街，可是现在一切的美好已经硬生生地被掐断在那个不平静的夜里，而自己，江成无奈地摇着头，也算是半个帮凶吧。

无端地想到小陈留下的死亡信息，SOS 林广，是救林广的意思吗？小陈至死都在为林广着想，这个想法让江成心中压抑显得更为沉重。

沉默着站了很久，本来想和小陈父母说话的江成终于还是转身离开，和许子凌一起向着公墓的方向走去，其他的同事现在应该都离开了吧。现在的自己想独自陪陪小陈，算是送他最后一程吧。江成是那种感情不外露的人，无论是悲伤还是欢乐都尽力隐藏起来，这样对于他们来说，不管在什么样的情况下，对自己都是一个最好的保护。

一路无言，江成只是跟着许子凌慢慢往公墓的方向走去。果然，同事们都已经离开了，只有放置在墓碑前的几束花代表着刚刚有人来过。

整个公墓安静地沉睡着。

江成一直没有说话，而许子凌在他身边同样默不做声。过了很久，江成盯着墓碑上那张微笑的脸问许子凌："你知道小陈的真名叫什么吗？"许子凌摇摇头再开口："不知道。"

江成的嘴角有一丝说不清是无奈还是怀念的苦笑说："他的全名叫陈旻赟，因为我觉得他的名字太拗口，所以一直只叫他小陈，甚至叫长了我连他本来的名字都不太记得了，没想到，再看到他的名字是在墓碑上。"

这个男人没有办法继续隐藏自己的悲伤，眼泪以一种奇怪的姿势流淌下来……

许子凌的心突然柔软起来，她踮起脚帮江成擦去眼泪，然后紧紧握住他的手说："放心吧，我一直在。"江成点点头，抬起袖子擦了擦眼泪，不舍地看着墓碑后说了句："走吧。"和来时不一样，这次是江成反手握住许子凌柔软的手，坚定地牵着她离开。

许子凌知道，他找自己只是因为自己还没有脱离他嫌疑人的范围，不过这样也好，起码自己可以靠近他一些，距离近了，心应该也会慢慢地靠近吧？

像是为了回应江成一般，许子凌用双手握住江成的手，像是爱撒娇的女友一样和江成一起走出公墓。

上车之后，江成终于平复了情绪，问许子凌："我还要去一趟博物馆调查一点事情，要不然我送你回研究所吧？"许子凌点点头，调查案件的时候作为假的助手确实不应该在一边，江成既然很客气地下了逐客令，即使她很好奇江成去博物馆的目的，那自己也应该自觉回去。不过据她所知，在苏易跳楼自杀的前一天，他去过博物馆。

许子凌暗自想着，这样来说的话，事情可能就更复杂一点了。苏易行事一向缜密，他去博物馆的目的连许子凌都不太了解，在陈警官死之后江成突然说要去博物馆，难不成这两个人的死亡中间是有什么关系的吗？而江成今天来研究所找到自己，难道是江成怀疑自己跟他们两个的死亡有关系？

许子凌心里很不开心，绕了一圈居然又被江成当成了嫌疑人，突然发现的事实和心里有准备的想法所产生的结果是不一样的——许子凌的表情开始变得冷漠，叫停了江成，冷淡地开了车门，说了句："江队长自己去忙吧，我自己走回研究所就行了。"

声音清冷，却十分悦耳，只是这些话里带了许多厌恶的味道，江成就算是再愚钝，也能听出来。可是，江成什么都没解释，只是任由着许子凌怒气冲冲地走下车离开。

许子凌走之前恶狠狠地骂了一句："江成，你个浑蛋活该单身一辈子！"

江成苦笑一下，居然觉得许子凌似乎说得很有道理。他冲着车外的许子凌大声说：“我从博物馆回来就去找你！”许子凌还没来得及拒绝，江成已经绝尘而去。

许子凌狠狠地骂了自己一句“废物”之后也向自己的单位走去，许子凌的心中升腾起另外一个疑问：苏易那天去博物馆到底是为了什么……

# 第十四章　留在博物馆里的秘密

博物馆副馆长办公室。副馆长是个姓方的中年男人，和一般的学术研究人员不一样，方馆长看起来更像是一个和善的商人，微胖的身材，总是面带微笑的脸上架着一副大大的眼镜，看起来很是滑稽。

他把已经打印好的文件递给江成说："江队长，馆长交代过，这是你要的东西。"江成说了句"谢谢"，略微翻了一下，就放进公文包里，打算回去之后再仔细研读。

江成没有急着走，他有问题想问副馆长，但是不能像审讯的时候那样问，所以他想找到一个合适的开口方式。副馆长看出来江成的尴尬，主动开口说："江队长，你要是有什么想问的就问吧，我知道的一定不会隐瞒。"

副馆长给了江成一个足够的台阶。

江成感激地笑了一下，也不再绕圈子，直接问："方馆长，我听馆长说，《岳家军记》那本书被盗走了，那你们大概是什么时候发现这件事的？”方馆长苦着一张脸想了半天说：“我记得那个导游出事的那天，馆里当时比较混乱，我们在通知大家离开之后就忙着处理馆里的事情，那天一整天我都在忙，到第二天的时候，才发现书册不见了，我估计就是那个时候因为混乱而被人拿走的。”

江成根据小陈上次调查的结果，已经猜到拿走书的那个人是谁了。现在需要弄清楚的是，苏易那天拿走这本书是为了什么？他想从里面获取什么信息？

而且仅仅在拿到《岳家军记》的第二天，苏易就坠楼身亡，是不是书里有什么记载的内容影响了他，苏易坠楼完全只是一个意外，林广当时只是恰巧在那里而已？

江成想到了另外一种可能性——林广也知道了这本书在苏易手上，所以那天林广私下去找苏易逼迫他交出那本书，苏易不愿意，争夺的时候苏易在情急之下不小心坠楼？

江成心里生出另一种不好的感觉，如果自己的第二种猜测成立的话，那情况就比较复杂了。林广不管是从小陈那儿还是其他途径得知是苏易拿走了那本《岳家军记》，那他完全有正当的理由去找苏易，毕竟苏易的行为涉及偷盗文物。

可是他为什么没有用公事公办的身份去找苏易，而是偷偷私下里去找苏易？有一个看似很不合理现在却是唯一的合理解释——林广想要个人占有这本书。

这本书里到底有什么？江成越来越疑惑。方馆长看着江成出神的样子，小心翼翼地试探着问：“江警官，还有什么需要我帮忙的吗？”

江成回过神来，在笔记本上刷刷写了几个字，撕下来交给方馆长："方馆长，这是我的联系电话，您要是有什么新的发现直接联系我本人，您放心，我会尽快去调查这件事，尽早地找到这本书，归还博物馆。"

方馆长似乎是大大地松了一口气："那就太好了，文物在博物馆被盗，我们都有不可推卸的责任啊，对捐赠文物者来说，这样的事情也会让他们寒心。所以拜托您，无论如何一定要帮我们找回来啊。"

江成让方馆长放心。江成合上笔记本的时候，想起来另外一件事，问方馆长："方馆长，前几天那个导游死的时候，您在不在？"

方馆长点点头："那天我在馆里，但是没有看到导游自杀时候的情况。江警官，是有什么其他的事发生了吗？"

江成看出了方馆长的小心翼翼，笑了笑："这倒没有，我就是想问，一般博物馆里用来保护字画一类的文物不是应该会用防弹玻璃吗？不管怎么样也不会单纯因为一个女性的撞击而轻易碎裂成那样吧？况且她撞击的力度应该也不是很大。"

方馆长有点不好意思："江警官，实话告诉你，馆里经费有限，防弹玻璃只用来保护那些特别珍贵、具有极高历史价值的文物，那幅《岳飞抗金图》，捐赠者告诉我们是清代画家黄慎的真迹，可是正史中对于这幅画并无记载，所以我们至今也不能确定那幅画的真伪。"

看了看江成的眼色，方馆长补充："当然，那幅画与黄慎生活的年代是符合的，所以我们只把那幅画当成一般文物进行保护，没有使用防弹玻璃柜。"

江成明白了，现在看来继续在博物馆问下去也得不到什么有用的信息了，接下来的调查重点应该就是那些关于岳元帅的画作和《岳家军记》的内容，还有那本《岳家军记》的下落。

江成颓然地想到，现在《岳家军记》的下落应该只有苏易一个人知道了，可是苏易却再也无法说话了。江成打电话给罗哲："小罗，苏易坠楼的办公室现场是不是还没有解封？"

电话另一边的罗哲立马回答："是的，江队，我现在就在苏易的办公室里，我让几个兄弟在这儿看着的。"

江成本来想让罗哲在苏易的办公室找《岳家军记》，想了想觉得不妥："你在现场等我一下，我马上过来，记住不要让任何无关人员进去。"

想到去苏易办公室可能会遇上那个聒噪的杨周，江成就一阵阵地头疼。到了苏易的办公室，果不其然，坐在座位上的苏易同事们都很不安分地看着苏易办公室的方向，甚至有胆大的已经靠近了现场。

罗哲客气地请苏易的同事们安心工作，承诺会尽快地解除封闭的现场，让大家的工作恢复正常，在这之前，希望大家不受打扰。当然，罗哲也知道这话说出来有多么客套，天天有警察在这看守着被封锁的现场，能安心工作那才奇怪。

江成对着罗哲轻点了一下头表示招呼，越过警戒线进了苏易的办公室。和上次来的时候一样，苏易办公室里面没有任何被动过的痕迹。很好，如果苏易没来得及把书藏起来的话，说不定能找到《岳家军记》。

江成从口袋里掏出白手套戴上开始四处翻找。苏易办公室不算小，但是陈设很简单，只有一张电脑办公桌、待客的沙发，还有一个看起来与整个办公室格调十分不搭的书柜。

电脑桌的抽屉里没有，书柜里也没有，置物柜里也没有，江成甚至把角落都翻了一遍也没有找到那本《岳家军记》。

江成在心里哀叹了一下，看来还是和自己预想的一样，苏易在女导游事发的那天下午进入博物馆偷盗《岳家军记》，得手后就把这本书转移了，所以现在那本书的下落真的没有人知道了。

江成站在窗口，看着对面似乎都快戳进云端的高楼，心情没由来地烦闷起来。刚把手伸进口袋，想起来这是案发现场，还是乖乖把手又重新拿了出来。

似乎有什么奇怪的思绪一直围绕着江成，江成回想着，一拍手，明白了为什么自己总是觉得有什么忽略了的地方，对，就是这个地方！

苏易怎么就会那么巧合地去博物馆？而且就在他去博物馆盗取文物的那天女导游自杀了，如果当时不是因为女导游的死亡让博物馆一片混乱，苏易压根没有机会去偷盗那本《岳家军记》！

所以苏易去偷盗《岳家军记》和女导游的死亡是有关联的，也就是说这两件事是有人设计好的！

设计者是谁？案子当中的两个直接有关人物已经死亡了，不管设计者是他们两个之间的某个人或者是另有其人，他们都没法在这点上得到答案了。

江成意识到：苏易和那个女导游可能是认识的，也许从事件还没发生的时候就认识了，查一下他们的社会关系可能就清楚了。

江成把一只白手套从手上脱了下来，掏出手机联系女导游生前在的好旅游旅行社："您好，我是兰山市公安局刑警一大队的江成，想向你们确认一些关于前几日死亡的导游刘晓芝的事情。"

接线员是一个很年轻的小姑娘，小姑娘似乎才来不久，说了一句"等等"，江成就听到听筒对面叫着："经理，经理，是兰山市公安局的，说要问刘姐的事情，你来接一下电话吧。"

紧接着就是高跟鞋踏在大理石地砖上嗒嗒的声音，一个四十岁左右的女声传来："喂，您好，找我有什么事？"

江成无奈地把自己刚才的话重复了一遍："我是兰山市公安局刑警一大队的江成，想问问刘晓芝的一些情况。"

女声嗯了一下："您好，江警官，您想问刘晓芝的什么事？"江成说："案发之后，我们刑警队应该有人向您了解过刘晓芝的情况，当时报告上说刘晓芝不是本地人，从外地到这来务工的，但是并没有她家里的详细情况，您可不可以提供更详细的情况给我呢？比如她老家的家庭住址和社会关系，有没有男朋友之类的。"

对面的声音听起来似乎很不好意思："抱歉，江警官，据我所知，她没有男朋友，即使有应该也是瞒着我们的，她在本地除了同事应该就没有认识的人了，关于她老家的家庭住址，说实话，我们这里又不是派出所，不会打听那么详细的。她来应聘的时候对自己的情况就简单填写了一下，所以我也不清楚她老家到底是哪里，平常都是工作接触，打听别人的家事我觉得不太好意思。"

江成仍然不死心："她身份证上不是应该会有老家的户籍和住址吗？您帮我看一下吧。"女声答应了一声，对身边说："帮我把员工应聘登记表拿过来。"

又是一阵高跟鞋踏着大理石地砖的嗒嗒声，江成耐心地等着，听到翻文件夹的声音之后，还是那个声音："真不好意思，江警官，她的身份证复印件上登记的是学校地址，不是老家的户籍地址。"

江成失望地谢谢对方后挂掉了电话。没人知道刘晓芝的来历，也没人知道她在这个城市有没有朋友、亲人和爱人，她的死亡对别人来说不过是几天的饭后谈资和各种灵异故事的插曲，激起了一点点的水波之后又归于平静。

其他的人还是按部就班地生活着，继续围着他们生活的中心努力活着。江成悲哀地想到，刘晓芝的名字也就会存在公安局的档案中，等到下一个案件来临的时候，她的名字又会从所有人的脑海里被抹去。

人类于社会，真的是足够渺小。

深叹了一口，江成准备离开，既然在苏易的办公室没有找到这本书，那就说明苏易偷盗了《岳家军记》之后及时地藏了起来。

继续在这里翻找也没有必要了，江成对罗哲交代了两句，把两只白手套都脱了下来准备回局里。

刚准备离开，杨周就凑了过来，嬉皮笑脸地问："警官大人，我们苏经理的案子是不是有什么新发现了？"

江成假笑了一下："案件侦破过程是全程保密的，所以希望理解，不要随便在网络上对案件进行恶意推测和分析，这样会让我们的工作陷入很被动的地步。"

杨周的脸红一阵白一阵，他知道江成是想说前两天他在网上发帖的事情，他灰溜溜地看了一眼江成，回到了自己的办公位上，旁边工作位上的两个女同事已经忍不住捂着嘴笑了出来。

江成从内心里不喜欢这样的男人，八卦得像是一个天下通，没有一点男人应该有的大气与豁达。

杨周看着江成离开的背影，低声“切”了一下，翻了翻白眼又开始找身边的那群女人聊天。

到了局里，叫上钱欣，江成把小陈从许子凌那里带回来的画作依次在案情分析室的办公桌上铺开。

江成戴上白手套，仔细地看着画作。江成手上的八幅画作中，只有两幅画作在左上角题了诗，算上在博物馆见到的那幅，应该总共是三首诗。

江成把三首诗都抄了下来，整理了一下。

第一首是《岳飞抗金图》上的题诗：忠魂埋骨黄河边，兰花枝头怒放香。大好河山和平像，复得疆土还家园。

第二首是《天将入人间》上的题诗：天界有天将，入我人间来。九月一朝落，人世享太平。

第三首是《风波英雄图》上的题诗：齐心协力军，退师黄河边。书中有神物，助将战乾坤。

江成把三张纸依次摆好，看向钱欣：“你怎么看？”钱欣歪着脑袋想了一下，把第一首诗和第二首诗的位置调换了一下。

钱欣盯着三首诗有点迟疑：“江队，记得我们去许子凌家的时候，许子凌是按照顺序给我们介绍的，这九幅图应该算是岳元帅一生的大事记了吧，所以《天将入人间》应该排在第一，《岳飞抗金图》是第二，《风波英雄图》说的应该是岳元帅被杀害的事件了，那就应该放在最后了。”

江成问钱欣：“你不觉得奇怪吗？如果是像你说的那样进行排列，那和诗作就对不上了。《天将入人间》上的题诗是符合画作内容的，但是你看，《岳飞抗金图》上的诗作却说的是忠魂埋骨黄河边，那就应该是岳元帅被杀害以后的事情了，对不对？《风波英雄图》上画的应该是风波亭事件，也就是岳元帅被杀害的事，但是诗作却描述的是打退金兵的事，这是怎么回事？”

钱欣思考了一会儿：“会不会这个题诗的人和作画的人并不是同一个人？许子凌自己也说了，作画的人是一个家境贫寒却酷爱作画的人，所有作画需要的材料都是一个富人提供给他的。是不是应该是这样呢？富人为了把秘密藏进画中，找到一个家境贫寒的画师，让他帮忙画了这些画。等到画师画完，富人就把画拿走了，为了掩人耳目，就只在其中的三幅画上题了诗，所以说，实际上有秘密的只有这三幅画，其他的都是陪衬。不过在题诗的时候出了差错，把本应该题在《风波英雄图》上的诗题在了《岳飞抗金图》上，而《岳飞抗金图》上的题诗只能将错就错，题在了《风波英雄图》上。”

江成想了想，钱欣说的不无道理。钱欣又补充了一句：“反正富人的目的就是为了隐藏秘密，题诗题错不影响秘密的保存就好了。”

江成自言自语：“是啊，要想隐藏一滴水，最好的办法就是把它放进大海。”

江成把画细心地卷起，说：“你看《风波英雄图》上的题诗有一句：书中有神物，助将战乾坤。这书应该就是跟岳元帅有关的书，你觉得会是什么书？”

钱欣脱口而出：“《武穆遗书》呗，从小到大看的武侠剧当中不都说到这本书，是岳元帅留下的武侠秘籍吗？”

江成笑了：“《武穆遗书》应该是虚构的，却实实在在存在一本《岳家军记》，博物馆里有这本书。”

钱欣的眼睛亮起来：“那我们能不能找馆长借过来看看？说不定看完书就可以知道这画是什么意思了。”

江成从公文包里掏出了一叠复印纸，无奈地摇摇头：“真品已经被偷了，如果没搞错的话，偷书的人就是苏易，只不过现在苏易死了，也没人知道那本书的下落了，不过我从馆长那里搞到了扫描件，喏，就是那一叠。”

钱欣拿起来翻了一下，吐了吐舌头——全是看不懂的古文，想想上学时候被文言文支配的恐惧，钱欣满脸假笑：“江队啊，我不擅长这个，还是您来吧，我回办公室了，有事打电话给我就行了。”

钱欣刚想溜，江成叫住她：“钱欣，有林广的消息了吗？”钱欣回头看了看江成，摇摇头：“江队，还没有林广的消息，协查通报已经发给所有的辖区派出所了，可是到现在也没有进展，说真的，江队，我们还是不要抱太大希望了。”说到最后，钱欣的声音已经低了下去。

江成不知道该怎么接下去，拍了拍手掩盖自己的尴尬：“钱欣，我们还是要抱有希望，或许小陈的死并不是林广犯的错呢？”

钱欣的心中当然也希望如此，可是小陈是个警察啊，除非是面对自己毫无防备的人，不然他怎么能这么轻易地就受到这么重的击打伤？

全身的骨头都碎裂了，林广击打小陈的时候到底是有多狠心，才能对自己昔日的战友、这么多年的朋友下得了这么重的手？

钱欣冷冷地看着江成：“江队，我们没有必要自欺欺人，我们现在所掌握的证据都指向了林广，你自己也清楚，小陈是在去找林广的途中发生了这种事，除了林广，还有谁能让他放下戒备以至于……”

钱欣说不下去了，江成默然地低下头。再抬眼的时候，钱欣已经离开了。

这是个重感情的姑娘。江成很欣慰她到现在还能保持这样的赤子之心，但是也不免担忧起来，有些真相，在被情感操纵的时候，就再也不能保持原本的面貌了。

江成坐下来，把厚厚的《岳家军记》打开来。整本《岳家军记》都是由文言文书写的，看起来十分吃力，好在有中学语文的知识，再加上方便的搜索引擎，所以江成还可以应付过来。

前面都是记载的一些关于战术一类的内容，包括如何带兵，进行军队力量的合理调配等，似乎和画作中的那些诗关系不大。

翻了很久，江成轻轻地啊了一声，他站起身，又一次把题了诗作的画作打开，对照着三首诗和书中的内容，终于明白了很多，也理清了很多线索。

江成终于想通，为什么画作的三首诗有两首会是诗不对画，其实并不是意外地题错，而是作者故意留下的线索，目的就是把线索藏进画里……

江成也明白了，诗作当中的书指的就是《岳家军记》，苏易盗取这本书的目的是为什么，就从《岳家军记》的记载来看，这本书拥有绝对是可以颠覆整个生化界认知的力量……

秦琴、苏易、刘晓芝，甚至许子凌，是不是都猜到画与《岳家军记》本就是钥匙与锁，而所罗门王的宝藏就藏在了这厚厚的书本之中……

迄今为止发生的几起案件，甚至包括何洛的意外，或许源头都在这几幅画作与《岳家军记》里……

# 第十五章 尘封的历史

1127年，即靖康二年，注定不是个好年头。当年的四月，兵强马壮的金兵攻破宋朝都城，带走了宋徽宗、宋钦宗父子及大量的皇族之人，由此北宋覆灭。而这件事，在后人的历史书上，有了一笔浓墨重彩的记录：靖康之耻。

这个时候的岳飞，还只是一个混迹街头的小年轻。换作今日来说，可以算是一个不良青年了。这个年轻人在今日的审美中，也不算俊美的男子。个子不高，但体型壮硕，短短的脸，宽宽的额头，如果用今天的话对他进行评价，勉勉强强可以算“看得过去”。

这个生于河北汤阴县的年轻人家境并不好，所以这个年轻人只上过几年学便学会了舞刀弄枪，也算是歪打正着，这个年轻人跟随名师学习枪技，没想到竟然学到了真本领。

十五岁时候的岳飞，在富贵人家做家丁护院，因为干活卖力，所以主人倒经常性地赏酒喝，却没想到，让这个年轻人因此染上了酗酒的恶习。但是从另一个角度来说，这个富贵人家中丰富的藏书为这个年轻人未来的才气铺就了基础。

十六岁时的岳飞已经娶妻刘氏，并于次年生下长子岳云。不能给子女提供良好的生活环境，也没有足够的生活来源，按照现今社会的标准来说，岳飞应该并不算是个合格的父亲。

岳飞曾经也当过“逃兵”，却在康王赵构发布招兵的榜文之时，来到了大元帅府。或许谁都没有想到，这个混迹街头的年轻人日后会成为南宋王朝的中流砥柱……

“二圣被掳”，对于汉人来说，这是奇耻大辱。彼时，已成为南宋大将岳飞上书朝廷决心北伐，收复失地。1134 年，岳飞带着壮志出兵收复襄阳六州驻节鄂州，写下了一首词——《满江红·登黄鹤楼有感》：

遥望中原，荒烟外、许多城郭。
想当年，花遮柳护，凤楼龙阁。
万岁山前珠翠绕，蓬壶殿里笙歌作。
到而今、铁骑满郊畿，风尘恶。
兵安在？膏锋锷。民安在？填沟壑。
叹江山如故，千村寥落。
何日请缨提锐旅，一鞭直渡清河洛。
却归来、再续汉阳游，骑黄鹤。

而时至 1136 年岳飞再次北伐，短时间内就占领了伊阳与洛阳，但没想到后来因为孤军作战被迫撤回鄂州。在此之际，写下了迄今为止都难以忘记的名篇——《满江红·与祝允哲述怀》：

怒发冲冠，想当日，身亲行列。
实能是、南征北战，军声激烈。
百里山河归掌握，一统士卒捣巢穴。
莫等闲，白了少年头，励臣节。
靖康耻，犹未雪；臣子恨，何时灭？
驾长车踏破，金城门阙。
本欲饥餐胡虏肉，常怀渴饮匈奴血。
偕君行，依旧奠家邦，解郁结。

不过出土发现的祝允哲的和词《满江红·和岳元帅述怀》却鲜为人知：

仗尔雄威，鼓劲气，震惊胡羯。
披金甲，鹰扬虎奋，耿忠炳节。
五国城中迎二帝，雁门关外捉金兀。
恨我生，手无缚鸡力，徒劳说。
伤往事，心难歇；念异日，情应竭。
握神矛闯入，贺兰山窟。
万世功名归河汉，半生心志付云月。
望将军，扫荡登金銮，朝天阙。

而其实所有的故事，都起源于这个地方和这个恰好的时间。孤军作战的那个时候，身为大元帅的岳飞却有了一种深深的无力感。

而最难以释怀的是，他无法排解这样的无力感。

他知道，这样的无力感，并非来自于他自身带兵和谋略方面的失误，更多的压力与无奈是来自于南宋的朝廷和坐在那个位子上的人。

身为一介武夫，他可以用武力征服对手；身为大元帅，他可以带领自己的岳家军大破金兵，让敌人闻风丧胆；但是，作为南宋的臣子，他却没有能力去反抗那个叫皇上的人下的命令。

可是，他不能输。孤军作战，他并不害怕。甚至，他很兴奋。因为他发现了一样东西，一样可以改变军队战斗力的植物，岳元帅认为那是神赐之物。

这种植物是驻军所驻之地一个小镇上的植物，名叫问仙草。据说当地的大夫都会用这种植物煮水来给病人治病，当病人服下由此种植物熬制的汤药之后，都会昏昏欲睡，大夫包扎病人的伤口也会更加得心应手，治疗完之后，不仅身体上的疼痛有所减轻，而且伤口愈合比以往更快。

岳元帅听说了这件事，内心十分高兴。这种植物对于战场上受伤的士兵来说，真的可以称得上是老天的眷顾了。

当岳元帅亲自以身试药之后，仰天长叹：天佑我大宋啊！

岳元帅当即亲自指挥随军的大夫采集这种植物，先治疗受伤的士兵，那段时间，受伤的士兵恢复极快，岳元帅由衷地开心，也让他有了更多的精力部署新的作战方案。

岳元帅发现了问题，军队的战斗力大大加强，但是带来的后果却是一场意想不到的灾难。一次内部的操练之后，很多的士兵开始精神恍惚，有了各种怪异的行为，他们嘶吼着，失去了理智，甚至不辨兄弟战友，自相残杀。

好在他们的攻击力都极弱，没有造成不可挽回的伤害。岳元帅发愁了，他猜测是不是有金兵的间谍潜入内部，向食物或者饮水当中进行投毒，但是细心查了很久也没有发现任何间谍存在的痕迹。

这些士兵都是一直跟随着岳元帅南征北战之辈，岳元帅也很奇怪，到底是在哪里出现了问题。

两天之后，岳家军中的随军大夫拿着一把问仙草找到了岳元帅。他发现了一件事：出现精神恍惚和怪异行为的士兵都曾大量服用过问仙草，也就是说都是受过伤的士兵，其他未受过伤的士兵因为没有使用问仙草，所以仍然很正常。

岳元帅拿着大夫递给他的问仙草，陷入了沉思。如果像大夫说的那样，问仙草是有问题的，那么这些失去理智的士兵还能不能恢复正常？

大夫也不敢保证，只说尽力试试。问了当地的大夫，他们都不知道原来问仙草是可以让人失去理智的。

岳元帅一筹莫展。金兵犯关，而岳家军的内部又出现了这种情况，让岳家军的战斗力大大减弱，如果这个消息不小心泄露出去，那么金兵一定会趁机进犯，让他们措手不及。

岳元帅一边下令让大家死守秘密，一边让大夫赶快找到可以治好那些士兵的药物。大夫苦着脸想了很久，突然想到年幼时师父教导自己时说过：万物相生相克，若有发现不可解决之物，可在其近处找寻压其性之物。

或许真的是天护佑岳家军，在问仙草的附近发现了一些小小的紫色植株，当时，大夫在那片的草地上发现，这些紫色植株只存在于有问仙草的附近，其他的地方都没有发现。

当时大夫敏感地意识到，或许这就是他们要找的东西！果然，在服用过这种紫色植株熬制的水之后，那些之前失去理智的士兵们又恢复了正常。

岳元帅感谢这些小小的紫色植株让岳家军恢复了生机，给这些小小的紫色植株取名紫艾花。

岳元帅明白，问仙草与紫艾花其实都是不可多得之物。在受伤的时候，使用问仙草是大夫治病救人的良药，若不小心服用过多，则可以使用紫艾花恢复正常。

岳元帅将问仙草和紫艾花都记载进了《岳家军记》：

神物生于水，长于水，又其盛于水，是为奇之怪哉。余初见其，为九月之初。生根于水中，而非底也，余以为天物，得知，此乃传之问仙草也。此物可助我军人得之新生，脱之于苦海。国之幸哉，余之幸也。此物出水不过日许，若病之，煎之，服水，可愈。若有他物，即扰其性，不可。

但问仙草此物虽可让我军得之新生，却有难医之弊端，若食之过量，则精神恍惚，有行为怪异之可能。然可食之问仙草边之紫色之物，余起之名曰紫艾花，此物可速复原之样。

所有的故事都从江成手里的《岳家军记》缓缓流出，文字无声地述说着那个惊心动魄、命运多舛的年代……

江成看到这些记载，大致翻译了出来：这种植物在水中生长得极其旺盛，非常奇怪。我第一次见到这样的植物，生根在水中，而并不是水底。我以为是天上的植物，后来才得知，这就是传说中的问仙草。这种植物可以让我部的军人得到新生，不再受苦，那也就是应该和记载的一样，具有麻痹神经的作用，可以方便大夫对伤患进行救治。这是国家的幸运，也是我的幸运。这种植物出水之后在一日之内用水煎后喝水就可以治愈。不可以用其他药物掺杂，否则会影响药性。

但是问仙草虽然可以进行伤患的治疗，却有着难以医治的弊端，如果不小心食用过量，就会和那些士兵一样，出现精神恍惚，各种怪异行为的情况。但是如果能找到存在于问仙草附近的紫色植株，就可以迅速地变回正常，而岳元帅为这种紫色的小植株取名紫艾花。

江成明白了，从记载来看，岳家军就是这批药草的第一批实验者，也可以说是既是问仙草的受益者，同样也是紫艾花的受益者。

在现代，很多类似于杜冷丁一类的毒品其实都是医学上用来治疗的药品，那么问仙草当中所含的成分应该就是最初的止痛药物成分了。

但是没有想到的是，至今生物界都没有解决的问题，其实古人早已经解决完毕。紫艾花就是克服药物成瘾性的关键植物！

如果能找到这种植物，将会彻底改变生化界的认知，也会帮助那些深受毒害的人们脱离苦海。

江成把《岳家军记》中的这两段又仔细看了一遍，书中对于问仙草的记载是“生于水，长于水，又其盛于水”，特地提到不在水底，那这些植物的根呢？就是漂浮在水中的吗？

也许这个问题只有真正看到问仙草之后才能知道。现在江成终于明白为什么在《天将入人间》上的题诗“天界有天将，入我人间来。九月一朝落，人世享太平”中会有一句让人完全难以理解的“九月”这个词了。

答案就是这句：余初见其，为九月之初。岳元帅一开始见到问仙草的时候就是在九月，也恰好就是问仙草生长最为茂盛的时间。所以那两句诗中提供了信息：问仙草是九月份的时候开得最为茂盛，岳元帅生活的年代没有公历纪年，使用的是农历纪年，那应该就相当于现代公历纪年中的十月中旬左右。

江成内心兴奋起来，问仙草最为茂盛的季节，江成应该可以赶得上。江成也想通了另外一件事——为什么留下画作的人刻意把两幅画上的题诗颠倒了。

水，问仙草生于水，长于水，盛于水。但是紫艾花不是，紫艾花就生长在问仙草的附近，不过它长在了陆地上。水就像是镜子，而问仙草和紫艾花其实就是镜子映射的影像与实物罢了。

江成叫来钱欣，把自己的发现告诉了她。钱欣也很惊讶，不过更多的是欣慰，紫艾花是可以治疗药物成瘾性的药物，而且据《岳家军记》上的记载，服用紫艾花之后没有任何副作用，如果能找到紫艾花，那就真正可以造福全人类。

钱欣有一点不明白："江队，我有一点不明白的是，岳将军为什么要把这件事当成一个秘密进行保护起来，把它分享出来不是更好吗？"

江成看着钱欣纯真的眼睛笑了，解释着："你想想，当时是一个什么样的社会环境？连年战乱，人们颠沛流离，如果有敌军知道有一种植物可以在短时间内激发将士们的战斗力，会出现什么样的结果？不仅会出现大量的偷盗，那些人甚至会对这些手无寸铁的乡民下手；而且，当这种植物的效力过去之后，将士们就会出现严重的戒断反应，这个时候就是敌军进攻的最佳时间。所以，岳将军并不能冒这个险，他把这件事记载在他的《岳家军记》中，却没有公布，应该也是期待有后人可以进行研究。”

钱欣拿起画看了一下：“可是，为什么这个画作也要把秘密藏得这么深呢？”

江成拿着《岳家军记》的复印材料：“应该还是跟当时的社会环境有关系，你想想，黄慎生活的时代大兴文字狱，新式的思想与潮流已经开始进入中国，那个富人可能也是在无奈之下想要保存这个秘密，就只能使用这样的方式，所以《岳家军记》和九幅画作都流落在不同的地方了。”

钱欣放下画作，问：“江队，你是肯定要去找问仙草和紫艾花了吧？”江成反问了一句：“你说呢？”

钱欣笑了，江成却又皱起眉头：“现在唯一的问题就是，当时岳元帅到底是在哪里发现的问仙草和紫艾花。”

钱欣被江成说糊涂了：“难道不就是镇守湖北鄂州时期发生的事情吗？那问仙草和紫艾花也就应该在那个地方呀。”

江成摇摇头：“不可能在那儿，我更倾向于画作中提到的黄河边，也就是兰山市。你还记得许子凌说当时带走岳云尸骨的那个大将叫什么名字吗？”

钱欣想了半天才说：“是不是叫牛郜？”江成一拍大腿：“对，就是这个名字！”

江成把复印纸翻到后面，看看还有没有什么隐藏的线索。果然，在复印纸的最后一页，江成看到了一行很小很小的字：郜之忠心，天地可鉴。先父曾与之共救岳家之军，亦发现问仙草、紫艾花之物于临河市旺家之村，若有后人找寻，待盛世太平之时，可将其布之于世。——震之笔。

钱欣指着“震之笔”：“这个震之笔指的是谁？”江成回答钱欣：“应该就是岳元帅的第四个儿子——岳震。”

江成耐心地解释着：“岳震的母亲叫李娃，在军队中出生，当年岳飞和岳云遇害的时候，岳震才仅仅七岁，后来莫须有事件之后，岳震和母亲李娃一起被流放了，再后来，岳飞案平反后，他当过朝奉大夫，后又追加了封缉忠侯。”

江成自言自语：“这最后的字应该就是岳震对这本书最重要的东西指明了寻找的方向。牛部带走了岳云的尸骨，并且埋在了临河市，也就是现在的兰山市，而且岳飞曾经和牛部一起在兰山市的旺家村找到过问仙草和紫艾花。所以要想找到问仙草和紫艾花，那找到旺家村就可以了。”

岳震留下的文字说：“待盛世太平之时，可将其布之于世。”那么，现在应该已经是一个合适的时候了。

江成把复印纸全数装进自己的公文包，对钱欣指挥着：“我去一趟市里的档案局，查一下旺家村在兰山市的哪个地方。你不要去了，这里需要人，我找到就会回来的，应该也用不了几天。”

正准备提起公文包的时候，又放下了：“钱欣，这几天你要和各个派出所联系，不能放过林广的各种可能出现的地方，也许过不了多久，案件就能破了。”

钱欣有点迷惑不解：“你说的是哪个案件？”江成笑了：“所有的。”

江成叫来罗哲：“小罗，这几天我需要出去，你在局里帮助钱法医，有什么需要我会紧急联系你的，还有，我之前交代给你的一些事千万要记得跟进。对了，我之前让你查的那个叫刘晓芝的女导游的户籍地址你查到没有？”

罗哲翻开自己的笔记本：“江队，是这样的，刘晓芝向好旅游旅行社提供的身份证是假的，不过我去了电信部门调取了刘晓芝的通信记录，发现她一直和本市的一个号码有断断续续的通信来往，在刘晓芝案件发生前的一个月联系突然紧密。”

罗哲从口袋里掏出一张长长的纸，递给江成，又指着笔记本上的一串数字:“江队,我已经把这个号码记录下来了,你看就是这个。”

江成看到那个号码的瞬间，心中突然升腾起一种怪异的感觉。连忙掏出手机，打开联系人，看到那个熟悉的名字，手惊讶得颤抖了起来，原来自己并不是掉到了陷阱里，而是一直身在这个陷阱里……

# 第十六章 黑色桃花源

那个号码的主人是范庆舒。江成明白了，为什么自己去找范庆舒的时候他会用那样的态度敷衍自己，即使他并不是警察，但在以前遇到案件需要找他商量的时候，他也会热心地帮助江成分析。

可是那天的江成因为心里想着其他的心事，所以也忽略了那天范庆舒的异常。可笑的是，一直到刚刚，江成还觉得范庆舒只是因为长期不在办案第一线而造成技能的生疏，根本没有想到他跟这个案件会有什么牵连。

江成内心的愤怒在增加，范庆舒没有告诉自己这件事，他欺骗了多年的同窗好友，难道他忘记了当初在警校的时候宣过的誓？

江成真的迫不及待地想看到范庆舒，想拎起他的衣领狠狠地揍他一顿，质问他，为什么要欺骗自己，这一系列的案件是不是也有他的参与？是不是他指使那个无辜的刘晓芝以那样惨烈的方式自杀？还有，他还知道什么？

十五分钟之后，江成坐在了兰山市第二中学的教师办公室。范庆舒正在上课，江成坐在他的办公位上等着他。

下课铃响起，范庆舒满脸微笑地踏进办公室，看到江成的时候，微笑立刻凝结在脸上。

范庆舒感觉到江成这次来者不善。他倒了两杯水，换上一脸不在意的表情走到办公位上，把水递给江成："今天江队长怎么又有空来我这里坐坐？"

江成不客气地拿过水就喝，不过并没有答话，从公文包里拿出了一张照片："死者刘晓芝，女，31 岁，未婚，外来务工人员，毕业于江州市旅游管理职业技术学院，供职于兰山市好旅游旅行社。生前与号码为 13112452345 的机主联系频繁，本局经过调查发现，机主为现供职于兰山市第二中学的历史教师范庆舒。"

范庆舒不慌不忙地喝了一口水，不过眼睛却盯着水杯："那江队长今天来找我是什么意思？兴师问罪吗？还是找到我杀人的证据了？"

江成玩着手指也不看范庆舒："不，只是想了解一些线索，让范老师协助调查而已。"

范庆舒拒绝了，很彻底："我只是她的朋友，其他的什么都不知道。"江成一把拎起范庆舒，想对着那张仍然镇定自若的脸狠狠地揍上一拳。

正好有老师推门进来，看着剑拔弩张的气氛，尴尬得不知道是进是退。范庆舒走出了门，江成对那个老师歉意地笑了笑，也跟着一起出了门。

范庆舒和江成在操场上坐着。范庆舒从口袋里掏出烟，递给江成一支，自己也叼了一支。

整个操场上满是孩子们青春洋溢的吼叫声，还有体育老师们佯装生气的教训声。

点燃烟，范庆舒并没抽：“她死的时候痛苦吗？”江成猛吸了一口烟：“撞碎了保护文物的玻璃然后吞了下去，你说呢？”

范庆舒眯起了眼睛：“我没杀人。”江成沉默了一会儿：“我相信，但是我想知道你和刘晓芝到底是什么关系，她是哪里人？还有……算了，这两件事足够了。”

范庆舒知道江成想问刘晓芝是不是当初大学时候爱得死去活来的那个女生，毕竟刘晓芝提供给旅行社的身份材料都是假的。

范庆舒全部的注意力似乎都被操场上跑动的足球给带走了，过了好一会儿才说：“不是她，但是我确实是因为她才帮助刘晓芝的。”

江成的全部注意力似乎也被那个跑动的足球带走了……

范庆舒与自己心爱的女孩毕业之后没有牵手走到最后，不是因为不相爱，而是因为那个女孩在一场本可以避免的事故中离开了。

毕业的前一年，女孩申请支教实习，同时也认识了来自一个古老村庄的女孩——刘晓芝。

在那个村庄里，支教的女孩从刘晓芝的口中知道了存在于这个村庄守护至今的秘密。他们是当年岳元帅和牛部庇佑下的幸存者后代，来到当初岳元帅发现问仙草和紫艾花的地方，繁衍生息。

支教的女孩本不应该知道这个秘密，但是刘晓芝告诉她，岳元帅留下的一本叫做《岳家军记》的书被盗走了，她作为村子看守书的人，责任重大，说不定还会被村民赶走。

当然村民并不知道这本书对于学术界来说意义有多重大，但是他们知道如果这本书丢失，那就是对不起老祖宗。

善良的女孩决定帮助刘晓芝，她求助当初还在警校就读的男朋友范庆舒，让他一起帮忙寻找《岳家军记》的下落。

当时的范庆舒正好要去实习，答应下了这件事。可是搜寻很久，都没有结果。

范庆舒对女朋友非常抱歉，但是女朋友表示理解，反正实习期结束之后两人就可以向古板的家长坦白两人的恋情，然后名正言顺地结婚。关于被盗走的书，范庆舒在以后的工作中继续帮忙寻找也可以。

可是所有的幸福与憧憬都消失在那个雷雨天。山体滑坡、调皮的学生、心急如焚的家长，所有的因素凑在一起，让这个充满责任心的女孩被滚落的巨石砸中。

再一次见到那张可爱的脸庞时，已经被掩盖在白布之下，再也不能搂着范庆舒的脖子撒娇，再也不会微笑或者生气。

那是范庆舒作为男人第一次在外人面前哭得撕心裂肺。刘晓芝把一本笔记本递给了范庆舒。那是她的回忆，也是他唯一可以怀念她的方式。

笔记本里是她每天写的随笔，很多都是与他有关，当他看到不算娟秀的字体写者：不知道他忙不忙呢，其实我很想打电话给他，可是万一他在出警怎么办呀，他在保护别人，当然也保护着我，我就觉得挺开心的，我觉得我是不是恋爱恋傻了。这时候，范庆舒突然觉得她还没有走远，她还在对他招手，要求他带她去这去那。

翻了另外一页，她说：其实有可能的话，我并不希望他当一个警察，太忙了，每次说不到两句话就要去这里去那里，可是他热爱当警察，我也没办法，必须支持他。可是如果再有一次的话，我希望他是一个历史老师，这样就可以给我们的小宝贝说历史故事，我们周末可以一起逗小宝贝玩，然后看着小宝贝长大，然后他肯定是个凶狠的老爹，会把靠近小宝贝的那些浑小子腿都打折，想想挺好笑的。

最后一页上是她离开之前最后的随笔：其实我能理解刘晓芝的心情，她总是来问我庆舒有没有找到那本书，她说那本书会引起天下大乱，虽然我认为是危言耸听，但是毕竟她是守护者，如果找不到那本书的话，我想她可能在村民发现之后再也走投无路了。对了，明天我得提醒一下庆舒，刘晓芝还告诉我，流落在外的有一些关于这个秘密的画作。画作上很仔细地画了能发现秘密的东西。唉，时间真不早了，我得睡觉了，不知道庆舒是不是还在值班，好想他呀。

那些随笔化作一丝丝的暖流一直流淌进范庆舒的心里，从那一刻开始，范庆舒决定，无论如何，他都会帮助她完成她的愿望。

他离开了最热爱的警察行业，去兰山市第二中学当了历史老师，帮助刘晓芝改换身份，故意让她把自己的身份写成外来务工人员，避免一些不必要的麻烦。

那幅画最有可能的去处就是博物馆和一些历史物品的存放处，所以范庆舒教她，去旅行社应聘带队导游，只游览博物馆这些地方。

没想到事情进展得那么顺利。当刘晓芝在博物馆见到那幅画的时候，才知道原来这个系列的画作是有九幅的，悉数流落在外。

刘晓芝也知道了村民们已经知晓她弄丢《岳家军记》的事情，正等着她回去对她处置公刑，她很害怕，只好一死以求解脱犯下的错。

江成吐了一口烟气，问：“旺家村里的公刑是什么？”范庆舒淡淡的，似乎是在说一件让人很轻松的事：“脱光衣服，女性可以保留内衣裤，然后让全村人扔石头，三天以后，扔进池塘喂鱼。”

江成咳了一下，断断续续的说话声夹杂着浓厚的鼻音：“也就是无论如何，她都会死是吗？”

范庆舒点点头：“起码，吞玻璃而死可以有尊严一点。”江成一时无言，直到足球被踢进门之后才开口：“那苏易呢？和刘晓芝相识吗？”

范庆舒摇摇头：“不相识，那浑小子可能是去踩点了很多次，那天刘晓芝自杀的时候，他应该是恰好遇到了一个机会而已。”

江成拍了拍身上的烟灰，站了起来：“老同学，我也得走了，下次有事情我还是会来请教你的。”

范庆舒苦笑一下：“你还信任我吗？”江成拍了拍他的肩膀，还是一样的笑容：“为什么不呢？对了，刘晓芝在的那个村子是叫旺家村吗？”

范庆舒简短地说：“为了保存秘密，那个村子现在已经改名叫葫芦村了。”

范庆舒盯着江成走远的背影，转过头捂住脸无声地哭了起来。

江成觉得自己的收获还是蛮大的，起码可以少跑一趟档案局。江成没有选择自己开车，而是选择了乘车的方式到了葫芦村。

葫芦村非常远，下了车仍然是在公路边，需要走二十分钟才能看到葫芦村的村民。

对于江成的到来，村里人似乎都带着一点敌意。终于，一个大概是主持村里事务的老奶奶满脸不和善地接待了江成。

知道是来问刘晓芝的事情，老奶奶满脸气愤：“这个不肖的女娃，逃避了我们的公刑，却没能补偿她犯的罪！真是便宜她了。”

江成没法发表自己的意见，这是一个村子的规矩，他一个外人并不便于插手。

却没有想到，当江成提到问仙草和紫艾花的时候，却被老婆婆一拐杖打在了身上。老婆婆很生气：“你说你是警察，我看你和那些人一样，就是来找寻宝藏的！”

说完，老婆婆让村民赶走江成。看着气势汹汹拿着锄头的村民们，江成只能先离开，再做打算。

回到刚才来的大路上，江成看着村民的审视目光，决定顺着大路假装离开，直到走到村民们看不到的位置时，江成悄悄地折返。

他没有选择从村子的大路再进入葫芦村，而是绕了很多的路从后面靠近葫芦村。

走了一个小时左右，江成听到了嘈杂的人声，只不过那些声音当中夹杂着女人的尖叫声，江成连忙赶上去，却看到让他惊诧不已的一幕——许子凌被几个人围在中间，那些人让许子凌交出紧紧抱在身前的书包，许子凌身上已经有了血迹，但还是坚定地摇着头。

江成失去了理智，他压根没有去考虑围攻许子凌的那些人是不是会有攻击性的武器，只是大吼一声，就近打伤了其中两个人，但是江成没有意识到，另外的一把刀已经划到了他的身上。

江成感受到了疼痛，预估了一下对方力量，一把拉住许子凌的手就开始跑。

许子凌把书包背在了背上，只是她跑起来的姿势十分怪异。江成看了一眼：“你的腿受伤了？”

许子凌点点头。江成一把抱起她，向着大山的深处跑去。

终于找到一个还算安全的地带，江成终于把许子凌放下，看了一眼许子凌的腿伤和书包："你是来找问仙草和紫艾花的？"

许子凌嗯了一声："我已经到这好几天了，一直在找这两样东西，好在终于找到了。"

许子凌脸上全是抑制不住的泪水，她看着江成的眼睛，眼里是从未有过的伤心和掩藏不住的欣慰。她的声音很低落，说："能不能，听一个故事？"

江成看着她身上的血迹，大声吼她："先去医院！说故事，什么时候都有时间的！我等你！"

许子凌摇摇头："江成，这是大山里，不要说这个地方人迹罕至，你送我去医院的话，在路上说不定就不行了，答应我，无论如何，一定要保护好那些植物，它们是未来的希望，是我用生命保护的东西，也是几代医学人的希望。用我一命去换取这个医学的希望，我觉得很值。我们甩掉他们只是一时的，他们现在还没跟上来，但是也不会很久，你带走那些植物，不要管我。"

江成没有压抑自己的哭声，他紧紧抱住怀中的许子凌，感受着她温热的泪水，低下头亲吻着她光洁的额头。他在她耳畔说："当初因为我的纵容间接地害死了小陈和林广，这次，我不想因为我再害死你，无论如何，在他们没有找过来之前，我们都有希望。"

许子凌感激地点点头，她明白江成的意思。她把嘴唇贴近江成的脸颊，轻轻啄了一口，说："江成，我爱你！"

从未彼此表白过的二人此刻的心意却是相通的。

而一个饱含着悲伤的故事却慢慢飘出了许子凌的心里，弥散在空气中……

20 世纪 70 年代初，在普遍文化程度不是很高的情况下，作为一个大学生，何洛是绝对的天之骄子，清爽的外形和丰富的才学让他无论在哪儿都是焦点。那个时代的学生对于恋爱还是颇有顾忌的，但是思想与教育的开化让这些接受高等教育的孩子们不仅有着青春的萌动，还有着对爱情追求的资本。五十五封情书，苍劲的字体像墨水渗透纸张一样不经意渗进许冰的心。一段校园童话般的爱情故事静悄悄地绽放在这个文明的学府。

身在恋爱中的人永远都不明白恋爱之外的世界另一种的残酷，象牙塔保护着每一个孩子最纯真的心，而离开象牙塔的怀抱，去面对的东西远远比现在复杂。而对于何洛和许冰，要面对的不仅仅是这些，更是残酷的分离。而分离的原因并不是因为不相爱，而是因为何洛的侄女——何晶。

她爱上了自己的远房舅舅，但是这场不伦之恋根本不会得到家人的祝福，可是何晶因此而生病，何洛的家人没有办法，只能让何洛娶了何晶。当初何洛的家里人找过许冰，何晶的家人甚至对许冰下跪，为人父母者，也明白硬生生拆散一对相爱的情侣是一件多么残忍的事情。许冰即使再不舍，面对着另外一个女孩的生命，她也只能放下。只不过，因为这个事件，许冰患上了抑郁症，整天整夜精神恍惚，差点以死来解脱。

可是这样的病只有何洛才能医治。何洛瞒着家人偷偷来看许冰，见到许冰的时候，许冰比以前瘦了很多，何洛很心疼却没有办法，只能抱着许冰流了一夜的泪水。

许冰知道何洛身不由己，也知道自己的生命不能用这样的方式继续折腾下去，她选择放手。即使那样的放手是硬逼着自己不去爱，不去想，但是这种近乎残酷的方式却能最好地让自己放下。

许冰嫁人了，研究生同学，林漠。那个喜欢笑，喜欢闹，也喜欢许冰的男生。但是，他并不能完成许冰当妈妈的心愿，他们之间的陪伴是柏拉图式的，许冰感谢他，但是感谢不能代替爱情，无数个日夜，她的心里只有那个与自己牵手漫步的高大的身影。比起夫妻，两人之间的关系更像是亲密无间的工作伙伴，只是他的爱，从未说出口。他更愿意用余生去呵护这个秘密。

可是何洛并不知道这件事，直到林漠来找何洛。在两个男人之间是共同喜欢的女人，这两个男人本该有一场战争，可是这两个男人之间却有难言的默契。林漠苦涩地告诉何洛，虽然自己名义上是许冰的丈夫，可是自己没有作为丈夫的任何能力，这样的事情对于男人而言，难以启齿。但是当真正去爱一个人的时候，就会明白，只要爱着的人幸福，即使多么难受，却也愿意毫无保留地袒露，即使说出来的事会把自己伤得体无完肤。

何洛又哭又笑，他爱许冰，搭上了整个灵魂地爱，他也明白林漠对许冰的爱，但是从道德的角度上来说，他不能同意林漠的建议。他和何晶的婚姻伤害了许冰，为什么要以爱之名去伤害另外一个无辜的男人，或者说是再伤害许冰一次？

可是林漠跪下了，男儿膝下有黄金，他明白，他也知道，但是和许冰的幸福比起来，膝下的黄金根本不算什么。他求何洛，许冰只是想当妈妈，他和许冰的孩子，他愿意倾尽一切的爱去抚养。他知道何洛不能给许冰一个家，所以他愿意给这个未来的孩子一个温暖的家、一份无可挑剔的父爱。这是他能为许冰做的，也是他能给得起的最好的爱。

许冰自然地拒绝了，很多爱情，一旦结束，就再也没有重新开始的可能。不能把所有的伤痛都让一个无辜的男人去承受，这并不公平。她亲吻着林漠的脸颊，告诉他，这辈子即使不能当妈妈，她也愿意陪伴他，因为林漠的善良值得她的呵护。

第二年，许冰和林漠领养了一个女孩，取名林子凌。那女孩粉雕玉琢十分可爱，林漠和许冰花尽一切的心思去培养这个小女孩，聪慧的小姑娘在这个家庭慢慢成长起来，虽然没有血缘关系，但是他们是其乐融融的一家人。

小姑娘跟所有平凡的孩子一样成长，上学，毕业，成为一个生物学方面的研究者，师从自己的爸爸。对这个女儿，林漠也是万般宠爱。像所有宠溺女儿的父亲一样，给予这个孩子他能给的最好的东西。如果事情只是这样发展下去，将会是个多么快乐的结局。林漠和许冰会看着林子凌结婚嫁人，拥有自己的家庭，而他们会成为慈祥的外公外婆，还会帮着林子凌带孩子，跟所有慈祥的外公外婆一样，宠溺着自己的外孙或者外孙女。

可是所有美好的故事中永远有一个不安分的因子，一个安静的定时炸弹。那个炸弹的名字叫何晶。她的恨意来自何洛亲自设计建造的洛冰湖餐厅。十年过去了，当初的何洛知道这个湖的名字叫洛冰湖时，不顾一切反对花大价钱买下这片土地和这片湖的开发权，作为建筑设计方面的精英，亲自设计了这个餐厅，甚至请当初的导师帮忙设计，完成这个作品，这是他的心血，也是他献给自己最爱的人的心。

爱情如酒，十年过去，当初的爱不仅没消退，在越来越深的思念中，这样的爱情愈久弥香。多少次他路过许冰的城市却没有勇气去见那个最爱的人，只能找到林漠大醉一场。

林漠劝过许冰去见何洛，许冰只是黯然地摇头，这么些年，她不想让林漠的心受伤，即使她的梦里都会出现那个她深爱的男人。

何晶的愤怒爆发在她知道这个何洛花了大价钱买下建造的餐厅送给了那个他曾经的恋人，她知道自己一辈子都没法比上那个女人，何晶没有明白自己错在哪里，但是妒火如地狱之火愈燃愈烈，足以毁坏一个人的理智。她发誓，即使得不到所爱人的心，也要毁坏所爱之人的爱。

传说中，赫拉是善妒之神，因为宙斯生性风流。女人的妒忌心一旦被引起，想要扑灭就没有可能。任何一样事物都可能会引起爆炸性的后果，甚至只需要一件小小的事件就会引爆。

何晶虽然明白这是一场不伦之恋，但是对何洛的近乎痴迷的爱让她压根就失去了理智，她不愿意放手这份爱情，不管用什么方法，她唯一的目标就是把这个男人牢牢锁在自己的身边，即使他的心并不在这儿。其实对于何洛的做法，家里人都知晓，也许是觉得愧疚于那个当初被拆散的女孩，所以家里人睁一只眼闭一只眼，甚至也劝过何晶，何晶彻底被激怒，她的怒火不仅仅在何洛身上，直至蔓延到许冰和林漠的家庭。

不可否认，女人是一种极其聪明的物种，特别是拥有心思的女人更是一种创造力和破坏力兼具的物种。但是如果拥有的是坏心思，那么破坏力就更不可估量了。

当所有的束缚都变成以爱之名，当所有的嫉妒都变成爱情的借口，那么爱情与怨恨也只是一念之间的事情。

何晶已经完全蜕变成另外一个女人了，她把一切归咎为何洛对自己的不爱与何洛对许冰的深爱。洛冰湖餐厅，是何洛对许冰的爱情，也是横亘在何晶心中的那根刺，她无法容忍，所以她决定毁掉一切，即使是伤及无辜。

而没想到的是，何晶的嫉妒却把火烧到了林漠的身上……

他们听见有声音由远及近，许子凌摇摇头，苦笑了一下说："江成，你先走吧，我拖住他们，不然我们两个就一个也走不掉了。"说完声音微弱地又调侃了自己一句，"这样，你可以去报警。"

江成对着许子凌轻声却坚定地说了一声："闭嘴！"血液正从背部受伤的地方不断地往外流，疼痛在加剧，但是江成不能让许子凌看出来。他咬着牙，一把把许子凌抱起，扛在了肩膀上。使用了巨大的力气让一些本来因为凝血已经好转的伤口却再一次裂开，痛感似乎要吞噬掉江成。江成肩膀上的许子凌闭上眼，不敢去看江成鲜血淋漓的后背，但是这个女孩第一次用温热的眼泪表述了自己的情感。

她本想用聊天来转移江成对于疼痛感触的注意力，但是江成沉重的脚步和粗重的呼吸提醒了她，如果这个时候再继续和他说话，江成将会耗掉更多的力气，那么他们两个人就真的只能接受上天给予的命运——死亡。

许子凌在心中暗暗发誓：若这次有机会逃出生天，再见那个作恶的女人，自己必将加倍奉还从她那里得到的伤害！

终于艰难地绕过了一座山，江成的脚步也变得越来越沉重，正想要不要歇一下的时候，两人的面前却突然出现一片突兀的坟地。江成咬着牙毫不犹豫地扛着许子凌走了进去，这块坟地背靠着一个小山包，当江成走到小山包的背面，终于体力不支，跪了下去。

许子凌也被江成一把扔了出去。许子凌的腿伤因为从江成的肩膀上重摔下来而变得更为严重，许子凌刚想骂粗话，却发现江成已经失去了意识。

许子凌心中的恐惧在增加，她拍打着江成的脸，另外一个需要面对的问题是，不知道那些人现在已经追到了哪里，所以他们的处境非常不明确。

可是偏偏这个时候开始下雨，许子凌强撑着坐在江成的身边，看着江成的脸，苦恼着江成现在的身体状况，因为江成如果再不进行医疗救治，一定会发烧，而以他目前的状况，恐怕撑不了多久。

许子凌这个时候真的很想抱着父亲狠狠地哭上一场，可是……

# 第十七章 回归人间

葫芦村的附近有一个村子叫金牛村，环境十分优美。金牛村因为地理位置较为偏僻，所以并不广为人知，不过也同样得益于这个地理位置，金牛村几乎还是保持着几十年前的原貌。这些年来原生态的金牛村在驴友之间的名气也渐渐变大，这让金牛村的村民生活再也不似从前那般辛苦。

金牛村里有一个小混混，人长得很帅气，但是名字很土气，叫李二牛。李二牛从小就不喜欢学习，不仅成绩不好，还喜欢打架，后来甚至发展到稍微瘦弱一点的同学见着他都会绕道走，李二牛知道大家在背后都骂他，但是他并不在乎。后来勉勉强强混到初中毕业，李二牛就直接退学回了家，反正现在吃喝不愁，他也乐得逍遥。

仗着自己身材高大，他就喜欢把自己打扮成城里那些小混混的模样，反正村子里的几乎都是亲戚，大多也就是在背后骂几句这孩子怎么这样，不会实际性地做出譬如揍他这样的事。

今天是镇上赶集的日子，李二牛没有什么事，听着妈妈的嘱咐，去集市买了一点东西，顺便把多余的钱塞进了自己内层衣服的小口袋，盘算着下次还能用这钱去集市上买点自己喜欢而爹妈不喜欢的玩意儿。

破旧的中巴车吱呀吱呀地开到了村口就停下了，李二牛下了车，伸了一下懒腰，自以为很帅气地摆弄了几下头发，吹着口哨顺着小路往家走。这小路边有一片坟地，而已经停止吹口哨的李二牛听见了坟地传来窸窸窣窣的声音……

李二牛的心中却没有害怕的感觉，反倒是升起了另外一种奇怪的感觉，已经长大的李二牛对这些事早就启了蒙。只是他没有想到有人这么大胆，居然敢在坟地……

李二牛轻轻地走近坟地，杂草阻挡了他一部分的视线，不过依稀可以看见是两个人，李二牛的心跳在加快，这样想来还真不是一般的刺激。

不知道是不是二人太忘情了，连李二牛的脚步声加大都没有听到。当扒开最后遮掩二人的杂草的时候，李二牛却只看见一个腿部在流血的女人一只手覆在一个男人的额头上，而那个男人眼睛闭着，脸色看起来很不好，大概是昏了过去。

女人的反应很迟钝，似乎一直到现在她才发现李二牛的存在。看到李二牛的瞬间，女人的眼中燃起了希望，她用很好听的声音问着李二牛："你能不能帮我们报警？"

李二牛走近女人，虽然她的头发已经不再整洁地扎起，而是凌乱地披在肩膀上，脸上的妆容也花掉，衣服也是脏兮兮的了，但是仍然能看出这是一个十分漂亮的女人。

李二牛看着这个漂亮的女人，咽了一口口水，从口袋里掏出一把小刀，这把小刀平常只是带着玩儿，顺便吓唬吓唬村里的小孩子，但是现在成了李二牛威胁这个女人拿出钱的工具。

他装出恶狠狠的样子面对着这个漂亮的女人，他知道自己必须速战速决，因为他并不确定躺在地上的那个男人会不会在下一刻醒来。那个男人虽然看起来瘦，但是从他被划破的衣服里依稀可以看到他健硕的身材。

女人似乎很胆小，她略带着哭腔说："我们是路过的旅行者，路上遇到了危险，现在身上已经没有钱了，你救救我们吧！"

李二牛并不打算救这对情侣，他对着地上吐了一口痰，恶狠狠地说了一句："晦气。"转身离开了坟地。

一边走一边哼着小曲，不经意回头却看到了女人绝望的眼神，不过女人的眼神并没有勾起李二牛的恻隐之心，他还是离开了。李二牛安慰着自己：反正在这个地方，因为不熟悉地形而遭遇危险的人也不在少数，并不多这两个。

李二牛回到家，父母都不在，猜测应该还在地里劳作。李二牛躺在床上，想用假装的呼噜声来掩盖自己内心里的不安。

许子凌抓住江成的手，第一次在这个男人的面前大声哭了起来，她说："江成，对不起，我本来只是想一个人来找紫艾花的，但是，我……"

江成的眼皮在颤动，他动了动嘴唇，却因为干渴说不出来一句话。他能感受到许子凌的无助，但是他没有办法动弹，于是他用了最大的力气轻轻握了一下许子凌的手表示鼓励。

许子凌拍了拍江成的脸，叫着：“江成，江成。”可是江成除了刚才握手的反应之外又没有了其他反应……

躺在床上的李二牛居然怎么都睡不着，当李二牛的母亲从田间回来，看到李二牛躺在床上，气不打一处来，拿起灶边的棍子就开始向李二牛身上招呼，一边打一边骂：“你平时天天打扮得跟个流氓一样就算了，一回家就在这躺着，我和你爹辛辛苦苦在地头，你在家就不能做点事？你看看，大黄的狗盆里还有什么？”

李二牛不和村里的同龄人玩，换句话说，村里的同龄人也并不喜欢和李二牛搭话，所以他的朋友就只有自己家养的大黄狗——大黄。大黄是那种农村人家都会养来看家护院的大土狗，它和那些娇贵的宠物狗不一样，大黄不容易生病，也忠厚老实。

李二牛拿了东西就准备去喂大黄，李二牛的母亲一看李二牛拿的东西，还未放下手的棍子就又招呼了上去：“你看看那是大黄吃的东西吗？那是喂鸡的！”

李二牛没有和母亲顶嘴，默默拿了大黄的食盆就准备去喂大黄。李二牛的母亲觉得今天的李二牛很不一样，皱着眉头问：“牛子，今天咋的了这是？是不是又和村头李铁家那娃子干仗了？”

眼瞅着母亲的棍子又要落下，李二牛一把握住母亲的棍子，向地上一扔，没好气地说：“我没有干仗，我今天去集市上，然后回来的时候在坟地看到……”

李二牛狠了狠心，把事情大致跟母亲说了一下，但是没有把自己拿出小刀威胁那个女人的部分也抖搂出来，李二牛知道自己的母亲虽然是一个大字不识几个的农家妇女，但是正义感很强，要是知道李二牛干出这么浑蛋的事情，非把他的皮扒了不可。

李二牛的母亲听完这事，从地上捡起棍子狠狠打了一下李二牛就向外面冲去，远远地看见李二牛的父亲，李二牛的母亲大声说：“牛子他爹，你儿子惹大事了！”

这一声吼，附近的村民都围了过去，李二牛的母亲断断续续地说：“村头不远处……就坟地那边，有来玩儿的人，哎呀，受伤啦！牛子没管他们，自己就跑回来了！”

李二牛的父亲本来正在吧嗒吧嗒地抽着烟，听到李二牛的母亲说了这事，把旱烟袋狠狠地往地上一扔，大声骂道：“小兔崽子，老子非要回去扒了他的皮！”

李二牛的母亲一把拉住了李二牛父亲，满脸焦急地说：“牛子他爹，你现在回去打牛子有什么用，赶快去救人啊！那两个娃娃现在也不知道怎么样了！”

李二牛的父亲放下烟袋就向村头小路边坟地跑去。庄稼汉跑起来虎虎生风，李二牛的母亲跟不上，只好在后面边跑边说：“牛子他爹，你慢点！”

对于许子凌来说，现在最庆幸的就是雨只下了一点点，几乎连地面都没有打湿，老天爷就又露出了笑脸。但是两个人不能在这等死啊，即便是死去，也不能就这么轻易地死去。

许子凌看了一眼江成，他的脸色异常苍白。许子凌狠了狠心，拖着那条受伤的腿向坟地的另一边爬着，她决定爬出这个地方，只要能找到公路，那么逃生的机会就又大了一点。

可是正当许子凌就快爬到坟地外围的时候，听见有声音说：“快，到处找找，看那两个娃娃搁哪呢？”

许子凌紧紧地趴在地上不敢动，但是又忍不住回望了一眼被杂草掩着的江成。许子凌苦笑了一下，闭起了眼睛，在心底里认命了：这下子能和你一起离开，算起来也不是太亏。

一双粗糙的大手把许子凌从地上捡起扛在了肩膀上，同样粗糙的声音大声吼着：“我看到女娃娃了，那个小兔崽子说还有一个男娃娃，你们去找一下。”

许子凌猛地睁开眼睛，听这声音，似乎并没有恶意。她用微弱的声音对扛着她的肩膀的主人说：“江成，在那边，我带你去。”

不过，还没有等许子凌反应过来，就听见另一个声音向着这边叫着：“牛子他爹，我看到男娃娃了，牛子他爹，你快来看，是江警官！”

许子凌的意识在渐渐脱离身体，她本来想问，他们是不是认识那两个女人，是不是要置他们于死地？但是她已经说不出来话了，而且，她还听见了另外一个声音：“宝贝，累坏了吧？爸爸快做好饭了，等会儿洗洗手我们就开饭了……”

许子凌终于放任自己的意识自由地离开了身体……

兰山市公安局刑警队，向来安静的法医办公室却突然热闹起来，钱欣面对着八卦的同事们，只能摆着手摇着头说：“江队没告诉我去哪儿了，就是说他要去陪许子凌办事。哎呀，别问了，我是真的不知道他们是不是发展到情侣的那一步了。”

可是八卦的气氛在所有人之间发酵，罗哲摸着自己的下巴若有所思地说：“按照咱江队对女人的态度，这次八成跑不掉了吧？你说说，在警队这么多年，他对哪个女人正眼看过？不过我就不明白了，这女的不是之前还有嫌疑吗？江队不会是被她洗脑了，然后坚定地站在了真相的对面吧？”

钱欣撇了撇嘴，顺脚踢了一下罗哲，没好气地回答说：“你怎么知道江队不是去找她，然后加大对她的调查呢？”

刚刚还热闹非凡的法医办公室似乎瞬间被浇进了一盆冰水，只是每个人脸上的表情都显示着他们的内心……

醒过来的许子凌发现自己的腿伤已经被包扎好了，听见外面传来朴实的庄稼汉的声音：“小兔崽子，你知道那是谁吗？你差点害死你爷爷的救命恩人！看老子今天不扒了你的皮！咱当了一辈子庄稼人，老实了一辈子，怎么就有你这么个孽种，天天打扮得跟个小姑娘一样就算了，你还在外面给老子惹是生非！”另一个声音插了进来：“牛子他爹，别打了，你就算把儿子打死又能有什么用呢？现在江警官被我们救回来了，咱们去看看他吧。”

接着是棍子落在地上和重重的脚步声踏进房屋。许子凌活动了一下胳膊，还好，除了腿部的伤比较严重外，身体上其他的地方都只是轻微的皮外伤，也没有什么大碍。

村里的医疗条件有限，许子凌觉得还是应该尽快和江成赶回市里处理伤口，否则出现感染或者什么其他的并发症就麻烦了。

许子凌坐了起来，深深地倒吸了一口气。刚才在坟地的时候因为精神全部集中在逃生，所以对于疼痛似乎没有太多的感触。而现在，腿伤带来的疼痛一波一波向自己袭来，许子凌感觉到自己全身的汗毛都倒立着诉说自己的不适。

但是江成受的伤应该比自己更严重，许子凌想到这，决定先去看看江成，视线落在床边一个农家常见的棍子上，许子凌用那只完好的腿支撑着自己全部的体重，从地上捡起棍子，一瘸一拐地拄着就向外面挪着，第一眼就看到了正在院子里收拾东西的李二牛。

李二牛看见许子凌醒了正站在自己面前，有点不好意思地挠着头，眼睛却避开了许子凌。许子凌并没有提李二牛拿小刀威胁自己的事情，她温和地问：“能不能给我一杯水？我有点渴了。”

李二牛如获大赦，点点头进了厨房找到杯子倒了一杯水，走出来递给许子凌，想了想，又搬了一个小椅子让许子凌坐下。许子凌坐下来一口气喝完杯中的水，对李二牛道了一声谢谢，指着大黄问：“这是你养的狗吗？”李二牛点点头，声音明显低着，回答说：“嗯，大黄从小就在我们家养着，已经六年了。”

没有话题让一瞬间的空气有些尴尬，许子凌开口问：“那你能帮我打盆水让我洗个脸吗？脸上脏兮兮的，我有点难受。”

李二牛低着头，听到许子凌的话，点点头默默地去打水，不过一分钟左右，就把水盆和毛巾都放在了许子凌面前。

许子凌微笑着问李二牛：“怎么，姐姐是不是吓着你了？”李二牛摇摇头，终于还是鼓起勇气说：“姐姐，对不起！”

许子凌知道李二牛说的是什么，但是她摸了摸李二牛看起来油光发亮的头发，用哄小孩儿的语气说：“姐姐记性不好，发生了什么事，姐姐已经记不得了。”

李二牛终于抬起头，看着许子凌腼腆地笑了。许子凌问：“跟姐姐一起的那个哥哥，你知道在哪儿吗？”李二牛说话明显开心多了：“姐姐，那个哥哥在我屋子里，我爹找了村里的大夫给他看了一下，姐姐你是要进去看一下哥哥吗？”

许子凌点点头，看着李二牛还是有点害羞的样子，主动说：“姐姐走路不方便，你能不能陪着姐姐去找哥哥？而且姐姐也不知道你的房间在哪里。”

李二牛的脸涨得通红，连搀着许子凌的手都有一点颤抖，不过许子凌还是顺利见到了江成。

江成是趴在床上的，后背上的衣服已经被医生剪掉了，大的伤口和小的伤口纵横交错，触目惊心，但是江成看起来气色还是不错的。

听到声音，江成睁开眼睛，努力回了一下头，看到许子凌，冲着她笑了一下，说：“你怎么样？”

有着李二牛的搀扶，许子凌很轻松地坐在了江成的旁边，打趣说：“你都没死，我哪能死？那不是拆你江大警官的台嘛，到时候说你连个女孩子都保护不了，多丢人！”

不知道什么时候，李二牛已经出去了。许子凌环视了一下，悄悄问：“江成，我迷迷糊糊听到这家人说你是他们家的救命恩人，是怎么回事？”

江成回想了一下说：“嘿，我当什么事呢，我醒来的时候看着这家人也有点眼熟，后来想起来，我大学毕业去派出所实习那个时候，有个老人家一直在街边哭，后来我问他什么事，老人家说他卖菜，结果被一个骗子用假钱骗走了真钱，怕老太婆骂他，不敢回家。本来也没有引起太大的注意，但是后来所里一连接到这样的事情报案有十几起，所以我们就作为刑事案件正式立案侦查，没过两天，就把那几个没良心的家伙抓到了，而且还是正在作案的时候抓到的。那几个骗子专门骗这些卖菜老人的钱，全国各地进行流窜作案。不过好在那几个骗子骗去的钱还没花完，将钱按照比例返还给受骗老人之后，所里就安排我送几个受害老人回家，其中一个就是这家人的长辈，就是刚才那个小伙子的爷爷。”

许子凌推了一下江成，笑着说：“你是想告诉我好人有好报是吗？不过也没想到你这个家伙做的事过去这么多年还能救了你一命。”

江成疼得龇牙咧嘴，吸着凉气说：“是啊，我也没想到，这么多年了这家人居然还能认出我。”

许子凌的笑脸慢慢地收了起来，叹着气说：“可惜，我们这次不但没能把紫艾花带走，还白白地弄了一身伤。”

江成伸出手，紧紧握住许子凌的手，转过头去没看许子凌，笑着低声说：“也不算是什么收获都没有吧。”

许子凌任由江成握住手，说：“江成，我们还是要尽早赶回市里，这个季节空气湿度大，容易引起伤口发炎，这边的医疗条件也有限，所以……”

江成点点头，赞成许子凌的想法：“确实，我们在这休息一晚，明天让那个小伙子帮我们联系局里，我们就回市里。”

正说话间，李二牛的母亲端着一碗看起来像是汤一样的东西进来了，她大大咧咧地说：“江警官，那个大夫让我熬了一点红豆汤给你喝，说给你补补血。俺家牛子做的浑蛋事，他爹已经教训过他了，咱庄稼人不知道说什么好，但是……”

江成打断了李二牛母亲：“你家孩子是我们的救命恩人，所以您和他父亲就不要再责怪他了，不过，能不能让小伙子给我们帮个忙？帮我们联系一下市区刑警队，我和她要回去了。”

李二牛的母亲怕是自己招待不周，焦急地说：“娃娃，你们在俺们这多待两天呗？俺和牛子他爹给你们做点你们平常吃不到的野味。”

许子凌的内心其实很希望多留两天，这么多天来，不，甚至说这么几年来，她一直走在精神的刀尖上，更不用说这次死里逃生，恰好有个机会让她回归桃花源是求之不得的事，但许子凌还是坚定回绝了她："阿姨，我和江警官回去还有不少事情要解决，所以，不多打扰你们了。"

李二牛的母亲还想说点什么挽留他们，江成微笑着摇摇头也表明了自己的态度，李二牛的母亲只好把手在围裙上胡乱擦了一下，说："那俺去给你们准备饭菜去，都是些小菜，你们别嫌弃就好。"还没说完就急急忙忙地向院子里走去。

看着李二牛的母亲走出去，许子凌顺手把刚才端进来的红豆汤拿过来喂江成，调侃他说："江警官，我才发现你还真是上天入地，各项全能啊，居然落到这么偏僻的地方都能侥幸逃过一劫。"

江成也开起了玩笑："我还以为你会说是因为你命大，所以我沾了你的光，捡回了一条命。"

江成的语气是从没有过的温柔，后背上的伤痛让他没有办法把话语说得那么轻松，他闷哼了两下，闭上了眼睛。

除了养精蓄锐，更重要的事情是梳理这个案件的整体情况，江成知道，有些事情已经到了该收网的时候，只是现在还有两个棘手的问题没有解决……

许子凌准备离开，让江成一个人好好休息。只是没想到江成有力的大手却紧握着许子凌的手不肯放开，许子凌淡淡笑了一下，开口问了一个问题："江成，如果我现在还是你的嫌疑犯，你会不会放弃去爱我的权利？"江成没有回答，只是用手中的力气表明了自己的态度。

市局刑警队接到电话，一个说话很紧张的小伙子称几日不见的市局刑警队队长江成现在在一个叫金牛村的地方，和江成一起的还有一个姓许的姐姐，而且两人都有伤，希望派人尽快把两人转移到市区医院进行治疗。

第二天一早，许子凌就在山林间特有的新鲜空气中醒了。活动了一下脖子，却看到躺在身边已经醒来的江成，居然有点不好意思。

昨天，李二牛的父亲和母亲让房间被江成占用的李二牛睡在了院子里，而李家只有两个房间，许子凌实在不能让李二牛的父母也无房间可睡，主动说和江成挤一下，顺便可以照顾一下江成。

李二牛的父母看得出来两人之间应该不是普通关系，为了避免尴尬，许子凌主动告诉李二牛的父母两人现在是情侣关系，好让两人住在一个房间看起来能更为名正言顺一点。

而疼得龇牙咧嘴的江成也没能掩盖住脸上的笑意。

江成看了一眼许子凌的脸，皱着眉头问："你是不是哪里不舒服？回到市区好好检查一下，不过也不知道钱素他们什么时候能赶过来。"

听到这话的许子凌真的很想拿金刚钻在江成的脑袋上开个洞，看看这个男人的脑子里除了那些案件还能有什么。

许子凌用手撑着床板坐了起来，刚想开口说什么，就听见院子里传来热情的声音："往这边走，江警官在俺家牛子那屋，晚上的时候是江警官的对象陪着的。"

紧接着就是一声很大声的疑问："对象？"罗哲、钱欣和另外一个没见过几次的小伙子风风火火地冲了进来，看到两个人暧昧的姿势，钱素和罗哲交换了一下眼神，一副想笑却又不敢笑的表情。

旁边那个小伙子尴尬地说："江队，李哥说你受伤了，我们一大早就过来了，那，现在你和我们一起回去吗？"

江成平常在局里严肃是出了名的，所以局里一般很少有年轻的警察敢和江成开玩笑，但是今天的江成似乎心情不错，居然跟这个年轻的小伙子开起了玩笑："怎么了，你们李哥是今天出门的时候给你打过招呼了，说见到我就不用带走我或者直接弄死我，然后他就可以把你提拔成刑警队长是吗？"

年轻的小伙子脸红了，一时间不知道该怎么接下这话才好，钱欣倒是大大方方地走到许子凌的身边，用手轻抚起许子凌的腿，仔细地看着许子凌腿上的伤口。

略微检查了一下，钱欣下了结论："腿上的伤不轻，很有可能是伤到骨头了，而且因为没有及时做处理，所以伤口已经有发炎的迹象，我建议立即送医做手术，我来联系医院，顺便让许小姐做一个全面检查。"

江成问："钱欣，我这背上的伤要不要你先给我做个处理？"钱素摘下医用手套，假笑了一下说："江队，我是法医，不是治疗医生，你要是不幸殉职了，我肯定第一个站出来。"

那一瞬间，两个人都想到了小陈，钱欣知道自己说错了话，用指甲掐了掐自己的掌心，转头就走了出去。

一边的罗哲和年轻的小伙子对视了一下，把江成抬到了车上，车边只剩下李二牛母亲的唠叨声："娃娃们可得好好的呀……"

与此同时，黑暗在另外一个地方不断滋生……

黑暗中的花总是开放得更加迷人和危险，面前的这个女人，永远是那样迷人、性感，她撩起长发，发梢带来的清香是恋爱中的女人特有的味道，这样的味道让人欲罢不能，让人迷恋，但是也让人陷入可怕的怪圈。

女人从黑暗处走到光亮的地方，俯下身，对着男人的额头亲吻了一下，用手指卷起一丝头发，哈了一口气，咯咯地笑了出来，问：“背叛的人就应该去死，你说对不对？”

男人没有动弹，但是眼神里写满了惊恐，他想说什么，却什么都说不出来……

女人没有管他，她脱掉了男人的衣服，男人看起来很瘦弱，可是脱掉衣服的胸膛却显示了他的健壮，只是现在似乎被抽掉了满身的精力，女人在男人的胸口亲吻了一下，套上外套，离开了这个狭小和逼仄的空间，而男人的嘴里只能发出呜呜的声音……

兰山市第一人民医院。许子凌腿部所受的伤经过处理之后已经好了许多，医生叮嘱她接下来主要的任务就是休养，而相比之下江成所受的伤就要严重许多，之前没有完全好透的伤口加上这次的新伤，确实够呛。

在医院住院没两天，江成就盘算着要回警队，等钱欣再来看望江成的时候，江成低声下气地让钱欣帮忙把自己给弄出院，不过钱欣倒是很开心地拒绝了，挤着眼睛对江成说：“江队，我觉得你应该在医院多住两天，给你一个机会让美人照顾，难道你不是求之不得吗？”

江成居然有点结巴：“工作和感情是不能混为一谈的，必须先把案子的事情了结了才能安安心心地去跟她说，毕竟我应该保护她的安全，不管她是作为证人还是作为知情人……”

支吾了半天，江成也没有把自己的意思完整地表达出来，钱欣扑哧一声笑了出来，不过转瞬却正色说："江队，罗哲在整理小陈的东西的时候，意外地发现了一个非常重要的东西，这个案子，说不定我们需要重新开始调查了，因为有了这个东西，我们之前的推理可能都存在问题。"

江成猛地一下坐了起来，拧着眉头看着钱欣。钱欣从随身的包中取出一个文件袋，翻找了一下，把文件袋中的一个看起来像是女孩子喜欢用的那种粉色的笔记本递给了江成。

江成翻看了一下，脸上也是掩饰不住的惊讶，问："这个，你们是在哪里找到的？"

钱欣简短地回答："罗哲在小陈办公桌后面的一个洞里找到的，看来当时小陈是比较匆忙地离开，把这个东西遗漏了，但是他也没有想到，后来他居然会出……会出那样的事情，所以他调查的这个情况我们一直都不知道。"

江成思考了一下，问钱欣："你觉得林广知不知道当时小陈把这个东西留了下来？"

钱欣摇摇头，说："不能确定，所以比较棘手。"

江成略微考虑了一下，说："这样，你先让罗哲赶快去核实这件事。第二，之前我们的调查部分包括你的勘验记录我们重新分析一遍，看看是不是有什么其他没有考虑到的地方。"

钱欣点点头，刚想说什么，门被推开了，腿上缠着绷带的许子凌出现在病房门口。钱欣笑了一下，改口说："江队，那我就先回去了，过几天再来帮你办出院手续，或者你可以让许大美女帮帮忙。"

钱欣拿起江成身边的笔记本就走了，江成拍了拍病床，对着许子凌说："坐，我有点事情想向你请教。"

许子凌的表情有点不自然，不过还是很镇定地坐在了江成的身边，微笑着开口问："你想问什么……"

# 第十八章 秘密中的战争

躺着的男人觉得非常不舒服，他知道自己还活着，但是这样的活着和死去其实也没有多大区别，赤身裸体的他感受到一股来自心底的恐惧，没有尊严，没有羞耻心，但是还有仅存的意识。

他很饿，但是这样的饥饿与残酷在他前二十多年的生活中出现过很多次，他并不怕，他知道总有一个机会去了结，但是现在的他还没有死去是因为他还有利用的价值，只是他也不明白这个利用的价值在哪儿。

他试着活动一下，但是动弹不得，他想叫喊，可是嘴唇已经被牢牢地封住。他放弃了，准备去接受命运给予他最后的欢乐——他的记忆。

可是他的记忆似乎出现了误差，很多的东西他已经记不起，能记得的居然是自己面目狰狞的样子，他是刽子手，他做了一些不可原谅的事，但是奇怪的是，这些事似乎只是在记忆中出现。

他甚至怀疑，自己的脑子是不是已经被改造过了，就像是很多的科幻大片中演绎的那样，把别人的记忆移植到自己的脑子里，为的是达到一些不可告人的目的。

可是记忆中的那个人是自己吗？他觉得奇怪，因为他觉得那并不是自己。突然间，他想要抗争，他想要弄清楚，自己到底有没有做过那些事……

江成看着许子凌修长的双手，嘴唇有点发干，说："是这样的，我就想问一下，那个，你和秦琴之前认识吗？"

江成把话问了出来，却还是有点不好意思，似乎现在需要回答问题的是他。许子凌盯着江成的眼睛看了许久，正当江成打算放弃听到许子凌的回答之时，许子凌开口了："不仅认识，而且我知道秦琴和苏易所有的过去。"

江成松了一口气，那本粉色的笔记本上记载的一些线索正在一步步逐渐变成推想后的事实，而许子凌说的事，将会成为破案的关键。

不过今天的江成不打算问太多东西，因为许子凌太聪明，任何反常的行为都会让她加倍防备。江成承认，在这个女人面前，他有了一些微微的挫败感。

江成准备开口，不过许子凌抢在了他的前面，她几不可闻地叹了一口气，说："江成，我知道你还是在调查我，但是你相信我，我并没有也不会做什么不应该做的事，只是想为一个人讨回公道。"

沉默了许久，江成问："如果是林教授的事情，我觉得这件事交给警方就足够了；如果是为了苏易，我觉得交给我就可以了。"

许子凌冷哼了一声，脸上却绽出一个淡淡的微笑，回答江成：

“不是他们，而是另外一个人。”

江成的声音听起来像是一个做错了事情的小孩儿，他解释说：“我觉得，你可以信任我更多的。”

许子凌反手握住江成的手，说：“江成，我并没有刻意向你隐瞒什么事，只是，有些事情，我希望用我自己的方式去解决，相信我，我没有也不会去触犯法律。只是我想知道为什么，为什么。”

许子凌适时地终止了自己的话语，但是江成放在被子里的手却攥紧了，笔记本上小陈的调查深深地刻在了脑子里，过目不忘。

秦琴，曾师从林漠，不过只有短短三个月，后师从其他教授，不明原因。曾师从林漠，和许子凌一样。而那个时候的许子凌还叫林子凌。也就是说，按照年龄和学籍计算，她们两个应该是林教授所带的同一批学生。

许子凌和秦琴是相识的。从刚才许子凌的语气来看，许子凌和秦琴的关系不像是之前许子凌描述的那样，更有可能，她们是闺密。

而在小陈的调查中最重要的那点是，不明原因。什么样的原因让秦琴在仅仅只跟随林教授学习三个月之后就转到其他导师的麾下？据江成的了解，林教授在业界的名气和威望都是同年龄段教授中的顶尖，没有理由让秦琴跟随了这样的一个导师还愿意转去跟随其他的导师，这点的确让人匪夷所思，而匪夷所思的根源应该就在于这个“不明原因”中。

秦琴的自杀对于许子凌来说到底意味着什么？江成想不明白。对于案情的思索让江成根本无暇顾及伤痛，钱欣无奈地在第二次来医院看望江成的当天帮江成办理了出院手续。

江成没有理会医生痛心疾首的劝告：“你的伤应该多住院观察

几天，不然以后会留下后遗症的……”

钱欣只得向自己的学长表示歉意，并允诺会随时跟踪江成的健康状况，江成的主治医生才气呼呼地回到了医院里。

在路上，江成似乎是满怀着心思开车，好几次都差点闯了红灯，也让一路跟随在后面的其他私家车怨声载道。

钱欣小心翼翼地问：“江队，你这是和许子凌吵架了还是怎么回事，怎么好像心不在焉的？”

过了好一会儿，江成似乎才回过神来，啊了一下，解释说：“她说有点事情要处理，所以就提前出院了，反正腿伤不是很严重，回家休养也是一样的。”

钱欣点点头，转眼正色问：“江队，你有没有问她和秦琴的关系？”江成听言沉默了一下，把车开得飞快，说：“我正是想跟你讨论一下这个问题。”

钱欣点点头，在接下来的路程中两人一直沉默着，车开到了局里，江成就简短地说了一句“下车”。

男人张了张干渴的口，突然之间他燃起了一股想要活下去的勇气。他的手被反剪着，捆绑他的人似乎是非常了解如何让一个人毫无反抗之力，他的手指被缠上了布条，虽然不是勒得很紧，但是足以让手指失去解开绳索的能力。

喉结一上一下地滑动着，想从身体的内部汲取水分，可是身体早已经发出干渴的指示，明确地告诉主人这是徒劳。

男人挣扎了很久，不过他看到了一样可以让他脱离困境的东西，一个桌角，他努力地靠近那个地方，将胶布慢慢地磨碎，好在一直都没有人回来发现他正在努力逃离的事。终于，他将缠在手指上的布条全部取下，他看了看自己赤裸的身体，内心的理智唤起了羞耻心，他身上没有了多少力气，只能将布条简简单单地扎在腰间，门是锁上的，但是男人没有害怕，破门而入的事干过很多次，但是现在的他没有力气，只能用最精巧的办法破开门，逃离这个囚禁他的地方。

再一次走在大街上，他感觉到了呼吸的畅快感。不过有路过的年轻女性看着衣不蔽体的男人大声尖叫着跑远了，还有人小声嘀咕着："长得挺好看的，可惜是个疯子。"已经有人打电话报了警。

当呼啸的警笛由远及近，男人看到那熟悉的制服时，终于忍不住一头栽到地上。

漂亮的女人再一次来到囚禁男人的地方，却看到被破坏的门和扔在地上的胶布，那张漂亮的脸蛋瞬间扭曲了，她掏出电话："喂，林广跑了，我们还是准备准备去公安局自首吧。"

那边的声音轻笑着："急什么，那个姓陈的又不是你杀的，你不过是喂他服用了问仙草，他自己的精神病发作杀死了好朋友，怎么也赖不到你的身上，等着吧。"

女人猛地挂断电话，狠狠骂了一句："三八！"高跟鞋在地面上狠狠地跺了几脚，可是钻心的疼痛迅速传到了脚底，女人骂了一句粗话，关上门离开了。

许子凌打电话给江成："晚上有时间吗？"江成的表情是掩饰不住的开心，说："你还是来局里吧，正好有点事情我想找你了解一下。"许子凌没好气地顶了江成一句："怎么着，我又不是你的嫌疑犯，你还是打算拿你对待嫌疑犯的那套对待我是吗？"

江成连忙解释，却听起来有点慌不择言："不是，不是，是我们发现了一个新的线索，有关于秦琴的，所以我就想问问你秦琴的另外一些情况而已。”

见到许子凌，江成都快笑成一朵花了，许子凌对着江成的胸口就是一锤，说：“怎么了，不是已经排除了我的嫌疑了吗？怎么又要我帮忙调查？”江成嘿嘿一笑说：“这不，配合警方办案是每个公民应尽的义务嘛。”

许子凌摆摆手：“好了好了，你说吧，到底什么事？”江成嘿嘿笑了两下，问：“你知不知道秦琴有什么好朋友？还有秦琴是什么血型？”

许子凌为难的表情写了满脸：“这个，我还真不清楚，跟你说实话吧，秦琴我是在读研究生期间才认识的，她读研究生之前的事情我是一点都不清楚。”

江成挠了挠头：“那个，要不然你还是先回去，我还是先把案子材料搞好再回去。”

许子凌忍不住掐了一下江成：“你有毛病吗？就是为了让我到这儿来听你这两个问题，电话里不是就能说清楚的吗？”

江成居然有点不好意思：“我想知道你的伤好了没有而已，再说了，见到你我也放心了。”

许子凌听着江成这几句并不算温柔的情话，一时有点愣神。再看看面前的那个家伙，脸上居然都有了红色。

许子凌在心底里偷偷笑了，害羞的江成看起来格外可爱。她像逗小狗一样戳了一下江成的脸，摇摇手：“我先回去了，有需要再给我打电话吧。”

江成一直看着许子凌离开，转身给钱欣打电话：“钱欣，叫上罗哲和周自文，案情分析室，开会。”

几人在案情分析室坐定。江成示意钱欣可以开始了，钱欣把小陈的笔记本拿出来，严肃地说：“是这样，我在小陈的笔记本里发现了一个调查记录，是一个我们都忽略了的问题。”

罗哲准备记录。钱欣在白板上写着：“小陈的笔记本上记录了秦琴的父母的血型。”

钱欣看了几人一眼，继续写着：“秦琴父母的血型都是 A 型，所以秦琴的血型只有 A 型和 O 型两种，当时我们都没有在意这一点，但是后来我在对秦琴做进一步检测的时候，却发现我们带回来的那个秦琴，血型是 B 型，不过婚纱上的血型是 A 型。”

罗哲用笔敲着桌面若有所思：“你的意思是，秦琴并不是她父母亲生的，是收养的？还有，婚纱上的血型与死者不匹配，那也就是说，婚纱上的血迹并不是秦琴的，有可能是秦琴父母的？”

钱欣的目光是透亮的：“还有一种可能，死者并不是秦琴，我下午打电话向秦琴的父母确认过，他们说秦琴确实是他们的亲生女儿。”

江成冷哼了一句：“所以，秦琴的体表没有任何受伤的痕迹，但是婚纱上有符合秦琴父母亲生女儿的血型血迹，说明婚纱上的血迹才是真正的秦琴的，而死者不过是假的秦琴。”

江成对罗哲和周自文说：“我们从这个角度来进行查，你们两个负责去调查秦琴之前所有的社会关系，包括在大学是不是有关系较好的同学朋友一类的，在案件发生的时间附近，重点查一下是不是最近的失踪人口有没有和秦琴样貌相似的人。”

钱欣想了想问：“样貌相似？确实，如果不相似不可能连父母都没发觉这件事。”

江成反问：“难道你不认为其实秦琴的父母压根就知道那个女孩并不是真正的秦琴吗？他们不过是为了帮自己的女儿掩饰罪行罢了。再说了，结婚那天的秦琴，妆太浓了，所以秦琴找到样貌相似的人来做替身不过是为了蒙蔽到访的亲戚朋友而已。”

钱欣咬了咬牙：“真的是个好想法，金蝉脱壳。”

江成看了看罗哲和周自文：“今晚先回去睡一觉吧，明天有充足的精神办事，但是对这件事的调查一定要快，如果有一些可能存在的证据被人为处理了，那我们就得不偿失了。”

罗哲和周自文点点头离开了。钱欣打了个哈欠对江成说：“江队，不是我说你，我觉得你真应该抽时间陪一陪许子凌。”

江成白了她一眼：“你不觉得把这个案子解决就是对她最好的陪伴吗？”钱欣耸耸肩表明了自己的立场。

江成突然问：“钱欣，你说许子凌到底对这些事知晓多少呢？”钱欣摇摇头：“我觉得应该不多吧，但是她不说的原因是想自己去调查，或许也有自己的理由。”

江成垂头丧气：“女人就真是麻烦的生物。”钱欣切了一声抬脚就走。

江成想了想还是给许子凌发了一条信息，不过并没有得到想象中的回应，江成想到许子凌应该是睡着了，回了家，窝在沙发上睡着了。

罗哲和周自文的调查进度很快，也顺利得出乎意料。罗哲查到本科期间的秦琴有一个关系很好的朋友叫徐雨霏，是外地人。

周自文也和徐雨霏的父母联系上了，徐雨霏的父母告诉周自文，徐雨霏在外地工作，因为父母关系并不好，所以回来得很少，同样和父母的联系也很少。九月一日的当天，徐雨霏请假回家拿了几件衣服就走了，前后不超过一个小时，从那之后到现在，徐雨霏父母也没有联系女儿，所以也不知道境况。

江成听着周自文对案情调查的汇报，问："你有没有问过徐雨霏的父母，那天徐雨霏有没有什么异常的举动？或者说那天的徐雨霏似乎是变了一个人？"

周自文点点头："据徐雨霏的父母说，徐雨霏回家的那天，她的妈妈准备出去买菜，却没想到回来的时候徐雨霏已经走了，说是有急事要处理。"

江成嗯了一声："那徐雨霏回家的那天有没有化妆之类的？"

周自文点点头："徐雨霏的妈妈说，徐雨霏平常很少化妆，却没有想到那天化了很浓的妆，看起来就像是要结婚的新娘一样，让她差点没有认出自己的女儿。"

江成一拍桌子："问题就在这儿，那天去徐雨霏家里的根本不是徐雨霏本人，而是化了浓妆的秦琴！真正的秦琴！我们以为死亡了的秦琴其实才是徐雨霏！对了，你有没有问过徐雨霏是什么血型？"

周自文有点尴尬："江队，这个我忘记了，没事，罗哲应该问了，我来打电话给他，他正好去了苏易的办公室现场。"

过了一会儿，周自文走进来："江队，罗哲说，徐雨霏的血型是B型，全部对上了。"

江成从鼻子里狠狠地呼出一口气："通知罗哲，向全市各个辖区派出所发协查通报，找到秦琴。"

周自文力争："是，江队！"

江成走到钱欣的法医办公室，脸上是掩不住的喜色，却又有着深深的无奈："钱欣，如果没有你的细心，我们现在还在死胡同里绕不出来。"

钱欣正在摆弄仪器："罗哲和周自文已经调查清楚了？"

江成点点头："是啊，现在基本可以确定，我们从秦琴家带走的死者根本不是秦琴，而是秦琴的大学好友徐雨霏，秦琴在九月一日当天去过徐雨霏的家，目的就是为了让自己可以顺利地脱身。我猜，那天在林广的房间里，给苏易手机打电话的那个人应该就是秦琴本人，为了扰乱我们的视线而已。"

钱欣放下手中的仪器，饶有兴味地看着江成："那你说，苏易到底为什么自杀？"

江成看着钱欣："我觉得和我之前的想法一样，林广去找苏易要那本《岳家军记》，但是苏易因为某些原因不愿意给，在争夺中苏易不小心坠楼了。"

钱欣竖起了手指放在鼻子前："还有一个问题，你觉得那本《岳家军记》到底在哪儿？"

江成有点颓然："这个我真不知道。"不过江成没想到，书的下落很快就有答案了。

罗哲在电话里是无比惊喜的声音："江队，你猜我在苏易的办公室里发现了什么？"

放下电话，江成笑了："钱欣，罗哲找到了《岳家军记》原本。"

钱欣抬起头："哦？在哪儿？"

江成指了一下头顶："在他办公室的天花板上，他把中央空调的位置拆开，把书用保鲜膜包好放在那儿了。”

钱欣自言自语：“你说，他为什么要去偷这本书呢？”

江成笑了：“我倒是觉得他是把书捐给博物馆的那个人，当他发现，他的捐赠没有引起博物馆足够的重视，开始后悔，后来，当他发现有人在打这本书的主意，决定再一次去把书偷出来。”

钱欣只有唉声叹气的份:“你说,秦琴为什么会做这样的事呢？”

江成的心里像是堵住了一样：“也许，只有见到秦琴本人才能知道了吧。”

# 第十九章　我谋杀了我的影子

江成无论如何也想不到自己会以这样的方式再一次见到秦琴，坐在询问桌对面的那个女人和一个月前躺在公安局里的那个女孩如此相似，可是她们永远不会成为一样的人。

相似的面容，同样姣好的身段，却有一个女孩的双眼却永远闭上，只留下深深的孤独与寂寥给那对悲伤的父母。

江成看着这张脸，无法想象看起来人畜无害的美人皮下面为何会藏着一颗那样恶毒的心。江成揉了揉太阳穴，打破了沉默："秦琴，说说吧。"

秦琴美目流转，浅然一笑，问："江警官，你说我应该说什么？"江成的语气变得很冷："随便什么，苏易、徐雨霏、林广，或者，许子凌，不，应该叫林子凌。"

秦琴眼波一转，问："林子凌？我不认识她。"江成很温和，问："你和林子凌是同一级的同学，师从林漠教授，好闺蜜，这也忘记了吗？如果不是因为她太优秀，我想你应该不会这么丧心病狂吧？或者，你更愿意说一说那个叫徐雨霏的女孩子？”

思索了良久，正当江成以为秦琴不会开口说话的时候，秦琴绽出了一个大大的笑容，说：“徐雨霏，我很讨厌她。对于我来说，她就像一个影子，一个无时无刻纠缠着我的噩梦。而林子凌，我欣赏她，但是我更嫉妒她。”

江成挪动了自己的身体，仔细听着秦琴的话——两朵绽放的花，一朵是路边不起眼的小野花，一朵是开放在温室里高傲的牡丹，秦琴喜欢上那朵摇曳的牡丹花，可是这是一个悲剧的开始。

大学时期的情感非常纯粹，象牙塔里的恋人们没有经过世俗的污染，对于爱情的看法用单纯来形容一点不为过。

大学时代的秦琴并不能说是行走在校园中的焦点，虽然面目清秀，但是打扮仍然和高中时代没有什么区别，甚至于热情的老板都会问一句：“小姑娘，今年要中考了吧？”

一开始的秦琴没有觉得不好意思，甚至在内心中有一丝丝的兴奋，哪个女孩子不愿意从未长大呢？这在超过三十岁的女人身上体现得更为明显。

那个时候，秦琴还有一个关系较好的校友叫徐雨霏，活泼开朗的徐雨霏人缘很好，几乎每天都是一身运动装，性格大大咧咧得像个男孩子，但是这样的徐雨霏却吸引了很多男生，她会跳舞，弹一手好钢琴，又是围棋高手，更巧合的是，她的长相与秦琴有七分相似。

秦琴内心的变化出现在大三那一年研究生考试前夕，那也是她第一次见到那个叫林子凌的女孩。那个女孩成为了秦琴的“女神”。

为了避免大四时候很多学生都已经离校找工作或者外出留学聚

不齐等情况，学校的毕业晚会都选择在学生们大三的时候开办，而在学校的毕业晚会上，最后一个出场的林子凌真正让众人惊艳了。或许用曹植的《洛神赋》可以很好地形容这个女孩子：其形也，翩若惊鸿，婉若游龙。荣曜秋菊，华茂春松。髣髴兮若轻云之蔽月，飘飖兮若流风之回雪。远而望之，皎若太阳升朝霞；迫而察之，灼若芙蕖出渌波。秾纤得中，修短合度。肩若削成，腰如约素。延颈秀项，皓质呈露。芳泽无加，铅华不御。云髻峨峨，修眉联娟。丹唇外朗，皓齿内鲜。明眸善睐，靥辅承权。瓌姿艳逸，仪静体闲。柔情绰态，媚于语言。

一袭深蓝色的晚礼服把她的身形衬托得恰到好处，小巧的玉坠在白皙的皮肤上随着主人的走动而跳动，让人忍不住想去近距离地好好看看这个漂亮的女孩。如瀑的黑发披散在肩膀上，在晚会灯光的闪耀下泛着微微的光泽，不止台下的男生们，不少女生都成为了这个“女神”的俘虏。晚会上，林子凌的一首钢琴曲带来了全场的高潮，对林子凌来说，她四年的大学生活从这一刻结束之后也逐渐地在记忆中褪色了。

那一天，秦琴也知道了生物系有一个叫林子凌的漂亮女孩，而她的父亲则是隔壁大学鼎鼎大名的生物系教授林漠。不过对于父亲在隔壁大学教书，而林子凌却没有报考父亲所在学校的原因，没有人问过也没有人知道。

只是，她的噩梦也将从这一刻开始。研究生入学考试，林子凌顺利地考上了自己父亲林漠的研究生，对于林漠来说，林子凌愿意考自己的研究生是一件极为欣慰的事，毕竟这证明林子凌愿意和父母进行和解。

林漠盘算着，经过四年的时间，林子凌对于母亲许冰可能会真正地理解了吧。在与林子凌同一级的学生中，有一个很机灵的女孩，叫秦琴，不过古怪的是，秦琴原本并不是生物系的本科生，在研究生面试的时候，林漠特地问了一下这个问题，得到的回答是，并不喜欢自己的本科专业，这次不过是转到自己喜欢的专业而已。

作为导师，林漠需要看的是自己研究生的专业素质，对于这样的私人问题则是能免就免，只是他也没有想到，这个女孩会是一个祸根。

与林漠预料的相似，林子凌和许冰的关系在慢慢融解，像是所有爱唠叨的母亲一样，许冰虽然无数次地对林漠抱怨林子凌的不听话与不乖巧，可是私下里仍然会偷偷打听林子凌的学习和生活状况，知道她在学校的毕业晚会上一鸣惊人，不爱笑的许冰像一个真正的母亲那样为自己的女儿骄傲。

在读研时期，林子凌住回了家里，林漠感觉到，林子凌不在家的那四年里失去的温情又渐渐地回来了，许冰的脸上也少了这么多年来经常见到的烦恼，多了笑容。

但是对于秦琴来说，读研时期真正吸引她的不是林漠的女儿林子凌，而是林漠。林子凌只是让秦琴想成为像她那样的女人，但事对于林漠，这个与苏易的感情已经平淡如水的女孩心中燃起了一把火。

但是秦琴知道，这是单相思，也是不可能的爱情。林漠是大学教授，还有一个学识与气质都无可挑剔的妻子，更有一个与自己年龄相仿的优秀女儿，这样的单相思注定是一场悲剧。

但是被感情冲昏头脑的秦琴决定向这个老师表白，秦琴为了打动老师，决定使用流传千年的办法——书信表白，只是所有的信件都石沉大海。秦琴不甘心，决定找到林漠当面表白。不出所料，林漠很委婉地拒绝了她。

林漠明白女学生对他的表白不过是一时冲动，冷静之后他想这个孩子就会明白自己当初做的事情有多么可笑，谁上学的时候没痴迷过自己漂亮的或者帅气的老师呢？

为了避免秦琴的过度表白，林漠把秦琴介绍到自己的一个好友的门下继续攻读研究生，或许当时的林漠已经看出来秦琴并不是一个容易放弃的女孩子，这是林漠的万全之策，只是林漠也没有想到，他如此委婉的做法在秦琴心中埋下了一颗怨恨和嫉妒的种子。

日子还是按部就班地过，只是林子凌问起过为什么那个叫秦琴的女孩子转到其他的导师门下，林漠敷衍了一下，没有细说，这样的事情，林漠认为没有必要让林子凌知道，当然，他会偶尔把这个当笑谈对许冰聊一聊而已，在合适的时候，只是，那个合适的时候永远都没有到来，也不会到来了。

从秦琴转到其他导师的门下以后，她刻意去接近林子凌，孤独的林子凌和秦琴成为了林子凌认为的闺蜜。秦琴蓄起了长发，学会了精致的妆容，穿起得体修身的衣服，以前宛如路边清秀小花的秦琴慢慢蜕变成了摇曳着危险的曼陀罗花。

现在的秦琴有了很多的追求者，秦琴也很享受这样众星捧月的优越感。在林子凌的帮助挑选下，秦琴接受了一个学长的追求，那个学长叫苏易。巧合的是，苏易和秦琴家住得并不远，所以两人的恋爱顺理成章，只是，秦琴明白自己的心，她对苏易的情感其实是掺了杂质的。

她选择苏易是有自己的私心，只是因为苏易与林子凌家比较熟悉，但是这样的私心里面隐藏着什么样的成分可能连秦琴自己都不太清楚。

苏易喜欢这个长相秀气甜美的女孩，无法自拔。如果只是这样的恋爱，那么也未尝不是一个好结局。研究生毕业那年，秦琴把苏易带回了家，让父母见见，也告诉父母她要和苏易结婚，秦琴的父母一开始对这个长相帅气的小伙子并没有什么好感，担心这样的男生招惹桃花未来是非极多，但是秦琴坚定地告诉父母，嫁给苏易是她深思熟虑过后的决定。

那一刻开始，秦琴有了一个新的计划。她仍旧爱慕着林漠，在无意间知道林漠与许冰之间的爱情经历之后对林漠有了掺杂同情的爱恋，同时，在这种爱恋中，掺进了对许冰的怨恨。

秦琴更了解了一件事——林子凌并非林漠与许冰的亲生女儿。秦琴知道，在这个世界上的某一个角落，有一个叫何晶的女人与她一样，怨恨着这个叫许冰的无辜女人。

秦琴决定用自己的办法撕掉许冰脸上虚伪的面具，她要让林漠知道，许冰是一个不值得林漠付出那么多情感的女人，而她才是应该陪伴林漠的人，因为林漠应该拥有一个女人百分之百的爱情。

机会来得如此猝不及防，许冰的研究小组意外从被发掘出来的《岳家军记》中得知，曾经在历史上出现过的紫艾花可以治疗药物成瘾性，那么对这种植物进行研究，必定可以发现更多有价值的东西。

而对于秦琴，她也敏感地意识到另外一件事，这种名叫紫艾花的植物，必定有人不希望它被发现。

她找到何晶，告诉了何晶这件事。对何晶来说，这也是她等待了十几年的机会，她爱的人心中从未有过她，却对一个得不到的爱人念念不忘十几年。

只是她们都没有明白一件事，以爱之名去禁锢，只会把本可以得到的幸福推进深渊。爱是什么？是宽容，是付出，是一颗心贴近另一颗心的捷径，但绝不是用来束缚另外一个人的借口。

秦琴没有发现，苏易已经察觉到了她的变化，在秦琴的变化中嗅到了危险气息的苏易偷偷将这件事告诉了林子凌。虽然苏易不知道秦琴的具体心思，可是并不妨碍他们提高警惕。

林子凌劝说许冰不要去寻找紫艾花，对林子凌说不清楚的担心，许冰没有同意。毕竟对于研究者来说，没有什么可以阻拦对于学术的追求。

林漠也意识到以秦琴的个性，或许会头脑一热做出什么危险的事情来也不一定，所以担心许冰的他决定亲自去寻找《岳家军记》中提到的紫艾花。

只是林漠发生了意外，紫艾花也同样不知所终。但是，秦琴知道，林漠的意外根本不是意外，是一个策划好的谋杀。

她恨透了自己，但是她把这样的恨意转嫁到苏易、林子凌和许冰身上，她决心精心策划一场针对苏易和林子凌的报复。

她要让苏易和林子凌都成为警方的嫌疑人，她让“自己”死亡，这样，她就会有另外一个自由的身份去做她要做的事。

她选中了一个替身，那个长相和她有七分相似的徐雨霏，许久没有联系的朋友在秦琴的刻意接近中慢慢恢复以前的熟络，大学毕业之后并未继续深造的徐雨霏很早地进入了一家专业对口的公司工作，只是生性不善交际的她属于公司里的“透明人”。

与秦琴恢复联系后的徐雨霏似乎又回到大学那样轻松的环境，在秦琴的撺掇下徐雨霏辞了职，打算跳槽去秦琴所在的大公司，徐雨霏没有料到这是她踏上死亡的第一步。

秦琴教会徐雨霏打扮，长相本就有点相似的两人在化妆品的掩盖下像是一对难以分辨的双生姐妹花，而这也正是秦琴需要的效果。

婚礼的那一天，秦琴出现在了徐雨霏的家里，匆匆照面下的徐雨霏父母没有发现任何异样，只当是女儿回来看望一下父母。

而其实那个时候，真正的徐雨霏已经成为了秦琴的替身，成为江成他们见到的死亡的“新娘”。

婚礼当天的浓妆艳抹甚至让亲戚们都没有认出来那个女生并不是秦琴。婚礼的前一天晚上，秦琴的妈妈支开了秦琴的爸爸，方便秦琴去做这件事。

秦琴欺骗了妈妈，告诉妈妈她只是做一个小小的恶作剧，为了让苏易紧张一下，而宠溺自家闺女的秦琴妈妈居然也同意了这个荒唐的做法。

徐雨霏以为自己只是当秦琴的伴娘，可是准备与自己好友在婚礼前夜畅谈的徐雨霏却无端地很早就犯困，为了第二天有一个良好的气色出现在好友婚礼上，徐雨霏决定先睡觉。

而她闭上眼睛的那一刻，是她短短的二十多年的人生里最后一次环顾这个世界。

秦琴为了让“自己”的死亡时间符合预想的设计，使用乙醚加深效果。婚礼的那天早上，秦琴很早就出门化妆，同样也将徐雨霏化好了妆。

趁着家里客人多混乱的时候，秦琴把自己化妆打扮成徐雨霏的样子避开了亲戚，径直去了徐雨霏家，目的也是为了让自己“金蝉脱壳”的计划更加天衣无缝。

其实当秦琴的妈妈看到房间里自杀的“秦琴”之时，心里已经凉了一大截，但是之后她没有再见到那个叫徐雨霏的女孩子，想到被警方带走的那个女孩有可能不是秦琴，直到江成过来询问关于林广的事情之后，秦琴的妈妈把自己的想法告诉了秦琴的爸爸，而秦琴的爸爸坚持报警说清楚事实。

秦琴的妈妈知道如果说出事实，秦琴必然会被抓住，身为人母，她想保护自己的女儿，同时，她也抱着侥幸的心理，如果秦琴只是为了惩罚一下苏易，那么也许能逃过抓捕，但是当她知道苏易跳楼身亡之后，她也害怕了，她不得不选择继续错下去，因为她决不能让自己的女儿因为自己的举报而离开自己。所以，为了保护这个秘密，她也威胁了秦琴的爸爸——如果去公安局告诉江成事实，那么让他永远都见不到自己的妻子和女儿。面对秦琴妈妈，秦琴的爸爸保持了缄默，虽然他知道这是错误的做法，但是他不能失去女儿又失去妻子。

而江成在徐雨霏的身上闻到了香水“毒药”的味道，但是这种香水并不是秦琴平常使用的香水，通过香水的味道，江成也会认为这是秦琴留下的死亡信息。首先，江成自然而然会认为这是一起因为感情纠纷而自杀的案件，调查的重点首先就会是未婚夫苏易，而与苏易走得很近，经常使用“毒药”香水的林子凌也就会成为江成重点的调查对象。

从苏易那得知，林子凌在林漠因为“意外”死亡以后，决定跟随着父亲的脚步找寻到紫艾花，完成林漠的愿望。

秦琴觉得又有一个机会到来了，她去找何晶商量，何晶却一心要让许冰死于意外，关于林漠的意外，其实她并不在意。

秦琴意识到何晶的危险，但是这个时候的她已经没有办法再脱身，只能一直错下去。

已经成功“金蝉脱壳”的秦琴有了更多的自由去打听林子凌的事情，但是她没有想到的是，林子凌对这个曾经的“闺蜜”还抱有极大的幻想，更没有想到的是，许冰实际上在林漠出事之后就知道林漠所谓的“意外”也许是一场谋杀，但是她没有证据，只能猜想。

在林漠死亡之后，何洛认识的那个优雅温柔的许冰就像是变了一个人，第一次看到许冰像一个泼妇一样，对着来看林漠的何洛大吼大叫。

许冰更没有想到的是，何洛也想到林漠的死亡并不是意外，为了赎罪，他选择用自己的命去抵老朋友的命，想以此换得许冰的原谅。

许冰以为事情就可以这么结束了，却没有想到，何洛死了，就更加深了何晶的怨恨。何洛用生命去换取许冰对何晶罪恶的原谅，却被何晶理解为何洛对许冰至死不渝的爱情。

何洛以前就说过洛冰湖水上餐厅就是为了纪念他和许冰的爱情所建造，他也决定把这个餐厅送给许冰，但是许冰不稀罕也不想要何洛所谓的那个爱情的纪念品，对她来说，重要的东西失去了就再也不会回来也回不来了。

何晶并不认为那是何洛对她的保护，她只认为那是许冰的错误，所以她的愤怒烧毁了一切理智，当那个叫秦琴的女孩找上她的时候，对她而言，一个除去心头之恨的机会到来了。

只是，在接受林漠离开的事实之后，许冰阻止了林子凌继续沿着父亲的脚步去探寻紫艾花秘密的想法，许冰也不成想，两个嫉妒而发狂的女人在一起，将会惹出怎么样的大麻烦。

或许还是许冰高估了别人的善良，也低估了林子凌的执著。聪明的林子凌在许冰巨大变化的背后看到了事情可能存在的秘密，她化名许子凌，拜托了林漠以前的好友把自己安排在研究所，也找到了何洛与何晶所在的小区，去帮许冰找到那个关于林漠的真相。

只是，林子凌也没有想到的是，秦琴和何晶早就策划了一场针对许冰和林子凌的计划。两个因为嫉妒的女人，最终让这把火点着了她们仅存的理智，也让她们走上了一条黑暗的路。

江成看着面前的这个女人，美貌的下面却藏着一颗被嫉妒蒙蔽了的心灵，他没由来地觉得恐慌。

这时候的他是该庆幸自己的破案速度，还是惊讶于女人之间可怕的嫉妒心？他也不知道。

只是历经了这么多事，那个叫许子凌的女孩也可以真正地放下吗？曾经的闺蜜因为嫉妒却要对她拔刀相向，更有一个无辜的女孩因为这件事丢失了性命。

令人唏嘘，江成摸了一下口袋，已经没有烟了，带上门，讯问室里那个漂亮的女人对着单透玻璃笑得人畜无害。

而江成一身冷汗。

时隔一月，江成再一次坐在了秦琴的家中，秦琴的父母正襟危坐，可是握着茶杯的手却又有点颤抖。

江成看着这对父母，斟酌了一下开口说：“我这次来，是想告诉你们一件事，希望二老平静地接受这个消息。”

秦琴的妈妈从脸上硬是挤出一个笑容说：“江警官，有什么话你就直说吧，我和秦琴爸爸都听着呢。”

秦琴的妈妈用手肘轻轻触了一下正在发愣的秦琴爸爸，秦琴爸爸忙不迭地点点头，附和着秦琴妈妈。

江成故意将语气放得很轻松地说：“我们找到秦琴了。”秦琴妈妈先是愣了一下，随即和秦琴爸爸交换了一下不安的眼神，对江成说：“江警官，别开玩笑了，秦琴，上个月你们就已经带走了她。”

这样的场景与江成的预料分毫不差，但是现在的江成早已经不是那个容易冲动的小警察了，现在的他更想弄清楚的是，当一个不是自己闺女的陌生女孩在自己闺女的房间被谋杀，为人父母的他们有没有过一丝甚至说一刹那的愧疚？

当江成回过神来，秦琴妈妈已经开始问了：“你说秦琴找到了，那上一次，你们从我家带走的那个女孩子是谁？”

江成冷静地看着明显激动的秦琴妈妈，问了一句：“阿姨，那个女孩子是谁，你们真的不清楚吗？”

秦琴的妈妈沉默了，而秦琴的爸爸从口袋摸出了一盒烟，抖着手想从烟盒里抽出一支烟，却不留神将所有的烟撒了一地。

秦琴爸爸立刻蹲下去捡烟，也是为了避开江成那双审视的眼睛。江成帮他把烟从地上捡起，一根一根装进烟盒，重新递给秦琴的爸爸，秦琴爸爸轻声地问：“琴琴，她还好吗？”

江成直起身来，抿了一下嘴唇，回答说：“她很好，起码比我们带走的那个姑娘要好得多，我们已经拘留她了，拿到口供就可以正式逮捕了。”

秦琴的妈妈却突然情绪激动起来，大声质疑：“你们会不会逼她承认，不是她，全部是我让她做的，跟琴琴没有关系！”

江成充满怜悯地看了秦琴的妈妈一眼，说：“阿姨，为人父母，你们也知道孕育和培养孩子的不容易，也知道当失去自己的孩子一个母亲的伤心，那个被谋杀的女孩子呢？她犯了什么错？她不过是长相与秦琴相似，就被秦琴选中作为自己的替死鬼，她的母亲、她的父亲，和你们一样，也就只有那一个女儿！”

秦琴的妈妈坐在了地上，大声哭了起来。秦琴的爸爸扶着秦琴妈妈坐到了沙发上，示意江成到门口，他有话想说。

江成和秦琴的爸爸一起走到门口，秦琴爸爸顺手轻轻带上了防盗门，将秦琴妈妈的哭泣声关在了那扇门里。

秦琴的爸爸又点燃了一支烟，抬起头满怀歉意地说：“江警官，实在对不起！这件事我和她妈妈有最大的责任，其实我早知道，琴琴被你们抓到是迟早的事情，但是为人父母者，又有哪个愿意看到自己的女儿身陷囹圄呢？”

江成也点燃了一支烟，不过他并没有抽，只是夹在手指之间让它恣意燃烧着，说：“您是什么时候知道秦琴的计划的？”

秦琴爸爸低下头很久都没有说话，然后抬起头实话实说：“是你来调查林广的事情之后。”这个汉子突然双手捂住脸，抽泣起来，颤抖着声音说：“对不起，我也是无能为力，我知道了这件事以后第一想法就是去告诉你们，但是琴琴妈妈不让啊，她说除非以后都不想再见到她和琴琴了，你说，我能怎么办，我，我……”

江成抬起手，想拍拍秦琴爸爸的肩膀，犹豫了一下，还是放下了手，作为一个父亲，不愿意让自己的女儿身陷囹圄，这他可以理解，毕竟这是人之常情，但是作为警察，他也深深知道，这样的行为，加大了警方对于案件侦查的难度，而且那个叫徐雨霏的无辜的女孩、跳楼的苏易，他们呢？他们是不是更冤枉？

所以，这一刻的江成，对秦琴的爸爸同情有限。无论如何，江成还是没有忍住想要说出口的话语：“秦先生，如果你能早一点告诉我们事情的真相，那么苏易也许不会死，林广也不会失踪，甚至，小陈也不会死，他们都是因为这起案件，成为了受害者。我知道作为父亲，爱护自己的女儿是你的天性，但是在这里，我还是想说，你错得太彻底，因为你的纵容，害了几个家庭。”

其实秦琴爸爸并不知道林广与小陈的事情，听闻这件事，终于没有忍住，放声大哭起来。江成心里微微叹了一口气，把剩下的话吞了下去——这也算是自己刻薄了一次吧。

# 第二十章　尾声

案件终于结案了，江成也从内心里感觉到了轻松。

兰山市公安局讯问室。许子凌看着何晶那双看似和善的眼睛：“我很恨你，而且永远不会原谅你。”

何晶点点头：“我知道。老何以前给我写过一句话，我一直不明白，现在我明白了。老何说，不曾尝过得到的滋味便不懂失去的苦涩。佛曰，人生八苦，生老病死，爱别离，怨长久，求不得，放不下。求不得是苦，而求得，说不定就是另一种苦，放不下的即为执念，无论谁，也解不得执念。现在想想，我确实错了。”

林广躺在医院里，身体上的伤已经好了很多了，看到江成，林广想敬个礼：“江队。”

江成摆摆手坐了下来：“怎么样，是不是好多了？”林广点点头，看了一眼江成身后的钱欣：“小陈呢？怎么没过来？”

钱欣刚想说话，江成用眼神示意了一下钱欣不要说：“小陈出了点意外，你当时跑了以后，他去找你，遇到一个开车不长眼的，然后……”

林广把头偏向了一边没有再说话。江成把仍然义愤填膺要去找林广算账的钱欣拉走了。

总有一天，林广会知道真相，而他未来的日子里都会在内疚和痛苦中度过，这样的话，不如推迟让他知道做过的愚蠢的事吧。

何洛也从大大的弥勒佛佛像里转移了出来。江成特地给夏远教授打了电话通知这件事，让他来见何洛时隔几年的最后一面。

夏远教授看着已经腐烂得面目全非的何洛，伤心地哭了出来。他的声音颤抖着：“小洛啊，我不应该相信何晶啊，我以为她不会害你，没想到她会做出那么恶毒的事情来呀……”

江成安排罗哲送走夏远教授，独自一人回到了局里。

苏易、刘晓芝、小陈、徐雨霏这些年轻的生命就这样永远消失在秦琴和何晶的妒火中，她们有着对自己所爱之人绝对的忠诚，却也用本不属于自己的爱情捆绑自己，让无辜的人以那样悲惨的方式离开。

传说中，赫拉是善妒之神，只要靠近宙斯或者被宙斯看上的女人都会遭受厄运，但是何洛和林漠并不是宙斯，他们只想与自己爱的人简简单单地共度一生，却连这个小小的愿望都变得无比奢侈。

女人的嫉妒和恨意到底能恐怖到什么程度？江成觉得，苏易他们就是最好的回答者。

黑暗终将过去，而光明终会到来。本来想和许子凌约定去看看许冰，可是许子凌拒绝了。经历了两个如此爱自己的男人接连离开，许冰可能也只想安安静静地度过自己的研究生涯。

许子凌轻松地看着江成："没事，我已经把紫艾花和问仙草都寄给她了，接下来的日子，她有忙的了。"

江成没忍住在那红扑扑的脸蛋上亲了一口。

再一次和许子凌在紫艾花的生长地看到那些摇曳的小紫花，江成分外开心，又聊了起来。

他指着小小的紫色花朵说："其实，也就是说，岳家军就是这批药草的第一批实验者，也可以说是受益者。"许子凌戴着白手套，小心地把花采集下来，放在手心里，点了点头。

江成不禁感叹着说："万物相生相克，无一例外，岳家军知道紫艾花中有可以克服药物成瘾性的成分，但是为了保护这个秘密，岳元帅才把这个秘密写进《岳家军记》，并封存起来。"

许子凌点点头："我爸爸知道这个事情之后，觉得这对于治疗药物成瘾性有极大的帮助，从紫艾花中可以提取出有效的成分，用来对抗药物成瘾性。"

顿了一下，江成继续说："你想想，如果别有用心的人知道紫艾花是可以治疗药物成瘾性的植物的话，他会怎么做？"

许子凌捂住了自己的嘴。她结结巴巴地说："你的意思是，会有贩毒集团想方设法地毁掉紫艾花？"

江成沉默不语。许子凌颓然地在江成身边坐下，两眼似乎失去了焦点："其实也就是说，何晶其实只是一个导火索，她提前了这件事的发展进程而已，即使没有她，还是会有别人对我爸爸下手？"

江成叹了一下，说："不能这么为她开脱，如果林教授顺利将紫艾花带进实验室，说不定现在已经有了更好用的特效药可以治疗药物成瘾性。"

许子凌苦笑了一下，却突然说起了林漠：“在我的印象里，爸爸是一个很严厉的人，不管是对于学生还是他的领导，他都算不上温和，除了一个人。”

江成看着许子凌的眼睛说：“许教授。”许子凌微微笑了一下，感叹着：“是啊，在妈妈的面前，爸爸从来没有说过一句重话，即使有时候我都觉得妈妈不可理喻。他却一直喜滋滋地做这做那。那种宠爱倒像是一个父亲对自己的小女儿一样。妈妈对别人是一副很温和的样子，但是对于爸爸，有时候我感觉没有那么和颜悦色。”

江成轻笑了一下问：“所以当你知道他们当年的事情之后，觉得许教授仍然爱着何洛是吗？”

许子凌点点头回答说：“确实，我怀疑过这件事，我也为爸爸鸣不平，一个不能给自己相爱的女人名正言顺的婚姻的男人凭什么霸占那个女人的心那么久，所以我上大学那年，也是我和妈妈吵架最厉害的一次。我用了很多我自己都觉得羞愧的词语去侮辱她，我说她配不上一个男人那么好的爱，霸占着一个人不够，还要祸害另外一个男人。我咒骂她，像她那样的女人就应该孤独终老。”

江成摇了摇头：“当时的你实在是太任性了。”许子凌没有看江成，却把头轻轻地靠在江成的肩膀上，闭上了眼睛。

颤动的睫毛突然间撩动了江成似乎冷藏了几十年的心，那一瞬间，江成很想抚摸许子凌的脸颊，想把从警这么多年的坚强背后的温柔悉数捧在手上送给面前的女孩。

许子凌没有睁开眼睛，却开口了：“那个时候，妈妈是真的愣住了，她没有想到我会这样跟她说话，把她那场恋爱的伤口再一次撕开。上大学以后，我离开家，两年都没有回去。”

江成没有打扰她，像是一个体贴的大哥哥听着小妹妹倾诉自己的心思一般。许子凌几不可闻地叹气说：“谁能想到，那场事故根本不是意外，而是一个精心策划的阴谋？那个时候，在知道这个消息的时候，妈妈的表情冷酷得可怕，她消失了好几天，回来的时候似乎变成了另外一个陌生人。”

许子凌似乎是对自己不满地那样开了口：“当时，我没有过分关注她，因为自从知道他们之间的故事之后，我对妈妈的感情就变化了。”

许子凌没有继续说下去，江成也没有追问，剩下的事情，他比许子凌还清楚。

他揽过许子凌的肩膀，轻声说：“一切，都过去了。”

许子凌点点头，眯着眼睛看向蔚蓝的天空，碧空如洗，一切，宛若新生。